Le P de Ganache

Vincent de Longueville

Le P de Ganache

Roman

À nos saints du quotidien,
D'ici-bas ; à ceux d'en-haut,
Devenus anges gardiens
Sur nos chemins de cahots.

I. Biz&Buzz

Comment un remplaçant de professeur d'Histoire en Creuse s'est-il retrouvé expert digital chez Biz&Buzz, vu qu'à ma connaissance, s'agissant des bouseux d'origine contrôlée, il n'est pas encore de quotas dans les agences de communication parisiennes ?

Je, soussigné Guy Ganache, atteste en effet par la présente être avant tout un cul-terreux pot-au-feu et bonnet de nuit, titulaire d'un baccalauréat littéraire obtenu au rattrapage de la seconde tentative, et d'une licence d'Histoire glanée au meilleur des cinq ans. Lien ténu avec une quelconque expertise digitale.

Je ressemble par-dessus le marché à la doublure d'un figurant de téléfilm à bas coûts, l'homme du commun quelque part entre grand et petit, brun tirant sur le blond, tenant le milieu entre chevelu et chauve, le genre impossible à reconnaître dans une séance d'identification policière. Avec quand même, histoire de se les figurer, des organes bien en place, appendice nasal, orifice buccal, oreilles, orbites et ainsi de suite.

On le pressent, cette montée à Paris, ça n'a pas tenu du roman balzacien. Jean-Mat', qui est aussi le patron, avait quelqu'un d'autre en tête. Tout a basculé sur mon adresse :

Guy Ganache
Le Cloud
23150 Ahun

« Tu viens du claoude ?! » a-t-il relevé dans un anglais phonétique doublé d'un excès d'enthousiasme. Imaginer l'implantation en Creuse du nuage informatique agrégeant au sein de serveurs en réseau l'ensemble des solutions de stockage de données à distance, ça lui a bien plu. À quoi tient un destin.

Avec le recul et, j'ose l'espérer, la sagesse de l'ancien qui couche ses mémoires, j'ajoute que les croquants de mon espèce sentent l'air du temps comme un paysan le jour idéal pour semer, la gelée à anticiper, la nuit blanche où il faudra moissonner pour devancer la grêle, la vendange au nez et à la barbe du mildiou, crévindiou ! Jean-Mat' a dû flairer ça chez moi. Planifier la moisson du blé à la campagne, planifier la campagne de communication qui rapportera sa moisson de blé, même combat.

En conséquence, depuis un an, Biz&Buzz salarie un expert digital de nom Ganache et de prénom Guy. Jean-Mat' préfère prononcer Gaille, à la manière du *bad guy* du cinéma hollywoodien. Chez Biz&Buzz, il est le grand ordonnateur des surnoms. En ce sens, il est le nouvel Adam, nommant les êtres comme le premier homme les animaux, les mettant au monde en quelque sorte.

J'ose le dire : Jean-Mat' m'a enfanté.

Une tyrolienne tendue entre Notre-Dame et la tour Saint-Jacques, soixante-dix mètres au-dessus de la Seine, quand même, ça fait haut. Ne pas se fier aux apparences : ce rendez-vous, c'est professionnel. Ça s'appelle du *team building*. Du renforcement d'équipe, si vous me passez le francicisme. Et voici comme on se retrouve à huit au sommet de la tour nord, d'où l'on ne sortira que les pieds devant, pendu à un filin d'acier.

Il y a là Jean-Mat' ; Jean-Balenciago, de son métier gestionnaire de médias sociaux ; Jean-Cacharil, qui a réalisé un rêve d'enfant en embrassant la profession de responsable de contenu de marque ; Jean-Christofle, occupant l'état de concepteur web. Suivent Guerlaine (directrice du Bonheur), Louboutine (gestionnaire de paie) et Vuittonne (comptable). Fermant le ban : votre serviteur, Guy Ganache.

Très comme il faut, les cinq hommes ont laissé la préséance aux trois femmes. Elles se sont jetées dans le vide au rythme d'un régiment de paras au-dessus de Kolwezi. Jean-Bal', Jean-Cach' et Jean-Chris' se sont envoyés en l'air à leur suite, confettis d'icônes de mode dans le ciel de Paris. Ils sont allés chercher haut dans l'octave. Jusqu'à preuve du contraire, ça a traversé.

Reste Jean-Mat' et moi, en chiens de faïence, expression raccord avec mon teint. À tout seigneur tout honneur : je cède la place au patron. Lequel n'en fera rien, au motif qu'un bon chef se cale sur le pas du cul-de-pat'.

Concernant Jean-Mat', je vous le dévoile sans délayer : il va le faire. La tyrolienne, en tant que sousensemble de l'accrobranche, est la grande affaire de sa vie. Dans les arbres, sa part d'animalité reprend le dessus, le grand singe ressuscite en lui, il fait à nouveau corps avec la nature, comme il aime à l'expliquer tous les lundis matin au café, en tripotant le mousqueton à sa ceinture.

Mais ne nous laissons pas entraîner trop loin de Notre-Dame, même si l'envie n'en manque pas. Déjà dix minutes que je suis perché, à contempler mon échec. Jean-Mat' n'est pas malheureux de me voir renoncer : voici qui offre des possibilités de taquinerie infinies. S'en délectant d'avance, il me donne rendez-vous en face et s'élance.

Dans l'ascenseur qui redescend, je m'introspecte. D'où me vient cette incapacité à renforcer l'équipe ? Après mon refus d'obstacle en saut à l'élastique audessus du Tarn, il y a tout juste un an, ça commence à faire. Je vais encore devoir embrasser Fanny. Et Fanny, les Provençaux s'en doutent, ça n'est pas ma copine.

Pour la rive droite, le plus court est encore d'emprunter le pont d'Arcole. (Le lecteur provincial voudra bien faire l'acquisition d'un plan.) De manière tout à fait convenue jaillit dans mon esprit l'image d'Épinal du petit Corse forçant le verrou autrichien à la roulette russe. Récit mythologique, bien sûr, Bonaparte ayant plus sûrement terminé à la baille, de l'eau plein les bottes, nénuphars en sautoir, une grenouille sur la tête et crachant des goujons.

Mais n'en déplaise aux redresseurs d'Histoire, se ruer sur un pont sous la mitraille, poitrail en avant, étendard au vent, on a beau dire, ça vaut toutes les tyroliennes du monde !

— Qui c'est qui va baiser Fanny ?! Qui c'est qui va baiser Fanny ?!

Jean-Mat' m'arrache à ma rêverie, et toute l'équipe de Biz&Buzz avec lui. Équipe désormais renforcée, comme cette ambiance de caserne l'atteste. Je suis bienheureux d'œuvrer ainsi à la cohésion du groupe. Pour autant, Fanny, je ne l'ai que trop embrassée pour bien l'étreindre. La passion est passée depuis lurette. J'aimerais mieux proposer à Jean-Mat' une retenue sur salaire ou un licenciement pour faute grave. Mais personne, en 2024, ne comprendrait réaction aussi chevaleresque. Dans un cul-de-sac, je m'agenouille, ferme les yeux, serre les lèvres et baise les fesses du patron.

— Gaille, tu ne m'embrasses pas ce matin ?

Une entrée à la Jean-Mat'. Nominal, dirait-on en économie. Ontologique, en philosophie. Jean-Mat' tel qu'en lui-même, dis-je pour ma part.

L'équipe renforcée est maintenant au complet, attablée au café Charbon, rue Oberkampf, Paris satisfait. Chacun sirote un kopi luwak, le café le plus cher au monde, et c'est justifié : on récolte ses grains dans les excréments de la civette asiatique, chat musqué de la famille des viverridés (parente de la genette méditerranéenne, si ça aide), qui raffole des cerises de caféier mais n'en digère par le cœur. D'où son goût singulier.

Pour mon humble part, puisqu'il est question de petit noir plus serré que son prix, ce sera Bourbon pointu, autrefois nommée Café du Roy, car il aurait fait les délices de Louis XV. Ainsi que ceux de Balzac, d'où il appert qu'on lui doit en bonne part La Comédie Humaine et, par incidence, la mort prématurée de l'écrivain — on ne vit pas impunément nuit et jour.

Les cafés suçotés, direction l'agence. Réveiller mon ordinateur, habiller mon porte-manteau, alimenter mon téléphone : en surface, tout est habituel. Sauf que. Sauf que mes doigts hors de contrôle battent la chamade sur la table, signe que ça bout à l'intérieur. Je repousse d'un même élan mon clavier en avant, mon fauteuil en arrière, et descends l'escalier deux à deux — je n'ai jamais vu quiconque faire ça quatre à quatre.

Parvenu devant le bureau de Jean-Mat', je jette un œil entre les persiennes. Il a décoré les lieux de galets noirs et blancs, plantes grasses comme succulentes, bougies qui sentent l'Orient mystérieux. L'atmosphère est-elle plutôt fengshui que zen ? La question reste entière. Mais sans doute pourra-t-on s'accorder a minima sur son caractère propice à la méditation.

Jean-Mat' médite en effet. Sa main droite caresse Lilas, son doudou licorne, signe chez lui d'intense activité cérébrale. J'entre sans frapper, instaurant d'emblée un rapport de force. Jean-Mat' et Lilas sursautent. Si le patron parvient à se rétablir, la licorne part en vol plané vers la fenêtre ouverte à la brise printanière. Jean-Mat' se jette en avant, bras fouettant l'air pour tenter de saisir un morceau de crinière, de corne, de queue ou de sabot. Trop tard.

Ci-gît Lilas, aplatie par un camion-benne.

Après le drame, je voudrai formuler des excuses, mais Jean-Mat' sera déjà dans l'escalier, déjà dans la rue, main autoritaire, presque policière pour arrêter la circulation et recueillir la dépouille encore chaude. Déjà remonté. Déjà penché sur celle qui l'accompagne chez Biz&Buzz depuis le début de la route, dans l'abattement comme l'euphorie. Déjà inconsolable. Déjà inaccessible à toute demande de pardon.

À l'heure du déjeuner, les événements ne sont pas digérés. À preuve : quand le livreur d'Heure Soup' dépose sur son bureau un velouté fenouil-brèdes, Jean-Mat' ne dit pas merci — contrarié, le patron peine à faire la part des choses. Sa mine est si sombre qu'elle retient la lumière.

Pour peu qu'il se ferme, plus personne ne l'ouvre, comme on affecte la gravité dans certains enterrements, par respect pour la douleur d'autrui, quand bien même on estime le défunt très bien là où il se trouve à présent. La soupe a beau être chaude, le déjeuner est glacé.

Mon hareng-pommes à l'huile ne fait pas recette, et je lis dans le regard de Jean-Mat' une colère redoublée devant ma persistance à épuiser la ressource halieutique.

Guerlaine, notre directrice du Bonheur, fait honneur à sa fiche de poste : dans l'espoir de tuer dans l'œuf toute effluve harengère, elle a allumé des bougies parfumées au benjoin, et la cafétéria a pris des allures de chapelle ardente.

On veille la défunte, pas belle à voir : Lilas repose sur le flanc, la bourre dégueulant de son ventre césarisé, un mégot dans la crinière, la corne cassée, l'œil droit qui pend, la robe tâchée de gomme de pneu. Ça prend aux tripes. À moins que ce ne soit cette vilaine odeur de hareng.

Guerlaine finit par crever l'abcès, c'est le cas de dire, tant Lilas a tous les traits d'un pot de pus. Elle propose de racheter une peluche identique, mais non, Jean-Mat' veut celle-ci et pas une autre, ça serait comme échanger deux nouveau-nés à la maternité, Guerlaine manque parfois sacrément de tact.

Louboutine connaît une adresse, elle y a fait repriser le nounours de sa fille. Jean-Mat' s'interroge : quels sont les risques ? On ne parle pas là d'une égratignure. Il faudrait d'abord voir la couturière à l'ouvrage.

Et là, alors que je cherche toujours le moment adéquat et la façon idoine pour présenter mes condoléances, d'un coup, je ne me sens plus à ma place. Comme il arrive encore dans certains enterrements, la digue saute, le fou-rire déferle, incoercible.

Le visage livide et l'œil vide de Jean-Mat' n'y changent rien, ou plutôt si, font tant et si bien que mon rire redouble. Un Québécois dirait la situation malaisante.

— Gaille, tu ferais mieux de poser ton après-midi, jette le patron.

II. Illumination de Vincennes

Pour Vincennes et mon deux-pièces, à vélo, le plus court est encore de prendre par Nation (lecteur provincial, il n'est que temps). Métro Saint-Mandé, il faut freiner des deux mains : la vitesse autorisée plafonne à 5 kilomètres-heure, tout au long d'une enfilade défendue par douze radars, protégée par douze chicanes et accidentée d'autant de dos-d'âne. En Allemagne, je ne sais pas, mais à Vincennes, on appelle ces derniers des coussins berlinois.

En matière de coussins, on fait plus moelleux que ces ralentisseurs trapézoïdaux de plastique rouge, fermes, larges, inévitables, qui vous font remonter plus que de raison la selle de votre vélo hollandais. Un viol, pas autre chose ! Ça pousse à crier comme en quarante : *À Berlin !* Mais je sais trop bien où mène ce genre d'idées pour me taire.

Alors oui, je le sais : les coussins berlinois sauvent des vies. On devrait en transférer un exemplaire au Panthéon, à tout le moins leur élever une statue. De quelque façon, il faudrait marquer le coup. Mais dans l'état de nerfs où je me trouve, mon mauvais génie me pousse à dépriser ce dos d'âne à la noix et à la graisse d'oie (très gastronomie périgourdine donc, en dépit de sa conception allemande), et à y voir une embûche placée avec malignité en travers de ma route, tel le tronc jeté par des rançonneurs sur la voie ferrée.

Mon intelligence se cabre soudain, ma nature se révolte : cependant que la Zone 5 s'annonce, je sonne le boute-selle et, piquant des deux dans des flancs imaginaires, passe tout à trac du petit trot au triple galop, flamberge tout aussi imaginaire au vent, chargeant les coussins berlinois, bien réels ceux-ci.

L'ennui est que l'environnement naturel du vélo hollandais, c'est le polder, les digues, les bords de canaux tels qu'Amsterdam en offre. Or Vincennes n'est pas la Venise du nord, et la Zone 5 ne rappelle guère le calme plat des chemins de halage. D'où l'on conclut que je ne brille pas en cet instant par ma faculté à voir plus loin que la base de mon blase.

Ce constat affleure à ma conscience à l'approche immédiate du premier coussin, et j'intime à mes neurotransmetteurs d'informer mes mains que, au train où vont les choses, il s'agirait de freiner, mais le message leur parvient en même temps que le dos d'âne croise mes roues.

Au fond, ces coussins tiennent davantage de tremplins, et je ne crois pas m'avancer en affirmant avoir échappé à l'attraction terrestre. L'avantage de mon envolée est que je sors du champ du premier radar, ce qui m'épargne, en sus de douleurs assaisonnées, une douloureuse salée comme la mer Morte.

Contre toute attente raisonnable, je me découvre des talents de pilote de BMX. Retombé sur mes roues, je poursuis sur mon erre vers le deuxième coussin, et avec lui le deuxième radar, lequel ne me rate pas. Foutu pour foutu, je lui fais bon visage ainsi qu'à ses suivants : présenter une tête de vainqueur, c'est déjà conjurer la défaite.

À 350 kilomètres d'ici, une collection de portraits très réussis défile sur l'écran de Michel Grandjean : sourire en coin, œil pétillant, léger contrejour qui adoucit les traits sans les altérer, rappelant la technique du *sfumato* utilisée par Léonard de Vinci pour la Joconde. Un travail de professionnel, justifiant amplement le prix de la prestation.

Michel Grandjean, j'apprendrai à le connaître par ses lettres reçues en prison. J'apprendrai à l'aimer comme l'aime toute l'équipe du Cacir, en version longue : le Centre automatisé de constatation des infractions routières, sis à Rennes.

Ils sont une dizaine, qui s'agglutine à présent autour de l'écran de Michel. D'abord amusées, les figures ont pris un tour marqué par la surprise, car aux portraits a succédé une série de clichés moins bonhommes, majeur tendu, bras cassé et poing levé, et même postérieur exhibé dans toute sa crudité.

Photos qu'à ce jour je regrette encore, ainsi que j'aurai l'occasion de le confesser à Michel autant qu'à un prêtre. La douleur est bien souvent source de réactions incontrôlées.

Grisé par les feux de la rampe, je poursuis ma folle course jusqu'à cet énième coussin qui me fait vider les étriers. J'adopte d'instinct la posture de Superman fendant l'air à l'horizontale, poing tendu sous un crépitement de flashs qui, mieux qu'une boule à facettes, ambiance la rue vincennoise.

19

Mon front a fait connaissance avec un panneau clignotant *Zone 5 – Péril mortel*. J'en glisse au ralenti, non sans y laisser quelques traces, car je suis liquide à cette heure. Ma face s'écrase contre la vitre du radar en contrebas, qui me tire le portrait en mode rafale, avec une focale énorme qui permettra à Michel de compter les points noirs sur mon nez et repérer les vibrisses à l'intérieur. *Ça doit sacrément vous gratouiller là-dedans*, m'écrira-t-il.

Après ça, mon crâne tient davantage du grelot que de l'œuf, pour prendre une image poétique. Une image magnétique parviendrait au même résultat, ça ne fait pas un pli, tant mon cerveau s'apparente à un trou noir de la matière grise. Sur une échelle de 10, j'évalue ma douleur à 9,999 — que je pourrais tout aussi bien arrondir à l'entier supérieur.

Par chance, il me reste mes pieds pour marcher. Je marche donc sans y penser, saluant les cheminées et souriant aux lampadaires, mettons ça sur le compte de l'aveuglement rétinien. Mais si ces sortes de confusions devaient persister, sans doute faudrait-il y avoir plus…

Marcher, c'est bien, mais vers où ? Je ne sais pas bien encore mais c'est en cette circonstance que, m'inscrivant dans les pas de Rousseau, j'ai mon illumination de Vincennes. Ce bon Jean-Jacques confesse en effet la façon dont il fut appelé à la vocation littéraire en allant voir Diderot enfermé au donjon. Des foules d'idées se présentèrent à son esprit avec, je le cite, *une confusion qui [l]e jeta dans un trouble inexprimable*. Pour aller vite, notre bon Jean-Jacques fut à ce point allumé que les Lumières furent. De même, une ampoule s'éclaire au-dessus de ma tête, à côté d'une bulle contenant cette révélation, et là je me cite moi-même : *la vie d'expert digital enchaînant coussin berlinois sur coussin berlinois ne saurait être mon seul horizon.*

Bon, je vous l'accorde : en fait d'illuminé, je suis loin, très loin de Jean-Jacques. Parce que pondre un traité sur l'éducation, et placer dans le même temps aux Enfants-Trouvés les cinq marmousets qu'on a fait à la bonne, faut quand même être schizophrène avancé. À défaut d'amour paternel, que n'a-t-il passé un contrat social avec sa progéniture ?

Pour en revenir à mon petit cas, toujours en marche sans y penser, je connais la première intervention de la Providence dans ma vie, par le truchement d'une affiche vantant les mérites de la candidate Faucillon au fauteuil de premier édile de Gennevilliers, affiche, c'est probable, collée par un militant provincial égaré en banlieue parisienne.

Avant ça, jamais je ne m'étais interrogé sur mon patronyme, mais voir Elsa Faucillon émarger au parti communiste, ça fait tilt. N'ai-je pas, moi aussi, un nom prédestiné ? Abbé Aumônier, électricien Tension, boucher Couenne, pilote de chasse Aigle : les exemples sont légion de ces aptonymes, comme on les appelle savamment. Quid de Ganache ?

Aux balbutiements de l'état civil, un enfant sait cela, on nommait les personnes d'après leur métier, leur origine géographique, un trait physique, un caractère saillant. L'arbre généalogique d'une famille présente bien souvent des racines fort terre à terre.

À en croire mon dictionnaire, trois pistes s'ouvrent à moi. Serais-je le digne descendant d'un homme à la denture chevaline ? D'un barbon sucrant les fraises, velléitaire et perclus ? Ou encore de cet apprenti pâtissier qui, à la suite d'errements culinaires, aurait inventé la crème ganache ?

La polysémie de mon nom a beau laisser libre court à l'imagination, une dissonance m'apparaît entre mon patronyme et mon caractère. La fougue qui s'empare de moi à l'occasion, cette fierté de mustang indomptable, cette fièvre dépassent de beaucoup ces ganaches de dictionnaire. Il me faut chercher plus loin.

Mon cerveau me rappelle alors que je suis originaire d'Ahun, barycentre de la Creuse, à équidistance d'Aubusson et Guéret, sous-préfecture et préfecture respectives. Si je veux faire avancer mon enquête patronymique, c'est en Creuse qu'il me faut creuser — ce qui n'est pas sans m'offrir un calembour de première bourre. (Le Creusot aurait convenu aussi.) Je m'y rends en train via La Souterraine, porte d'entrée ferroviaire du département.

Ce n'est pas le tout de soupirer jusqu'à La Souterraine, puis d'ahaner jusqu'à Ahun, il me faut encore atteindre ma maison du Cloud. Je dis *maison*, mais les gens d'ici l'appellent *château*, vu qu'il possède une tourelle en coin. Un petit coin, qui servait jadis de latrines, et fait office de colombier depuis qu'il menace de s'effondrer. Une tourelle tout de même, avec ce que ça implique : des rumeurs de grande richesse, des regards envieux voire mauvais des voisins. Allez-y, vous, faire comprendre à l'Ahunois moyen que votre château est un trou sans fond inchauffable, qui n'a de château que la tourelle, et que la tourelle est un cabinet d'aisance pour tourterelles !

Dans le grand salon, entre une hure de sanglier et un massacre de cerf, des portraits de famille péchant en toute objectivité par manque de spontanéité : mon père Gauthier, producteur de rations de survie à base de pâté de canard pour l'armée. En noir et blanc, mon grand-père Guy, qui faisait dans la limousine (la vache à viande, pas la voiture). Son père à lui, un Gauthier, profession inconnue, mais dont le prénom laisse entendre que, Gauthier ou Guy, c'est une génération sur deux.

Au-delà, c'est au grenier que ça se passe. S'y trouvent des tapis de saletés, des rideaux de toiles d'araignées, des terrils de fiente. Quand on pense qu'on avait déjà accordé la tourelle aux tourterelles... Ces bêtes-là, vous leur donnez le doigt...

Là-dessous, un fatras d'inutilités. J'en ouvre, des caisses, des cartons, des cantines. J'en avale, de la poussière épaisse et des particules fines. J'en explore, du petit mobilier inutile, coiffeuse, crédence, guéridon, psyché, bonheur-du-jour, haricot.

Mètre à mètre, je progresse vers le fond des combles, mon tableau de chasse toujours vierge. Ici, ce sont des décorations poudreuses, une croix-de-guerre 14-18. Là, sous un drap, un fusain de qualité hésitante figurant un visage à moustaches Napoléon III, portant l'inscription *Guy Ganache*. Pas inintéressant. Pas subjuguant non plus. Rien en tout cas qui éclaire ma lanterne. Reconnaissons-le humblement : je suis bredouille.

Avant de battre en retraite, je risque un œil dans la tourelle, œil qu'une volée de blanches colombes cherche sur-le-champ à crever. Tu parles d'un symbole de paix ! Je n'ai que le temps de verrouiller la porte d'une trop modeste targette pour me rassurer sans réserve.

La réaction des tourterelles me pique : ces oiseaux-là ont quelque chose à cacher. Conjurant ma peur, j'y retourne, armé d'une raquette de tennis. J'assène alors coup droit sur revers à mes colombes, je coupe, kicke, lifte, slice, smashe, m'ouvre le terrain, monte à contretemps, les reprends de volée jusqu'à les voir suffisamment amorties pour plonger mon regard dans le coffre massif au centre de la pièce. S'y trouvent des nids garnis de colombeaux tout frais qu'elles ont, c'est mon avis, une fâcheuse tendance à surprotéger. Faut savoir couper le cordon, fût-on ovipare.

Le coffre offre un gisement de colombine recouvrant une reliure de cuir havane. Raquette levée pour parer tout retour d'instinct maternel, je saisis l'ouvrage et cours me mettre aux abris. Un coup de brosse à reluire sur la reliure, et deux mots en lettres d'or surgissent : *Famille Ganache*. Un livre de raison ! Un journal des petits riens et grandes épreuves, des réflexions passagères et des pensées profondes de trois générations de Ganache, tout au long du XIXe siècle ! Le Graal !

L'espace d'un tour d'horloge, je m'absorbe dans la lecture. Je découvre que Guy Ganache, dernier rédacteur, a ravitaillé la troupe en soupe à Gravelotte, en 1870. Que son père, Gauthier, fit la popote à l'armée lors de la prise d'Alger, en 1830. Et que son grand-père jouait déjà les vivandières sous le Directoire. Ses pas se perdant dans les sables d'Égypte.

Les questions tournoient sous mon crâne comme sorcières en sabbat : quel lien entre cette lignée de cantiniers et le millefeuille sémantique de mon patronyme ? Puisqu'il en va de métiers de bouche, le plus probable n'est-il pas que ma famille s'origine dans ce chocolatier de génie, qui aurait mélangé par mégarde et bonheur crème fraîche et chocolat fondu. Mon nom proviendrait en conséquence de cette insulte jadis adressée par un patron peu amène au premier de ma lignée, qui allait sous peu faire sa fortune. Insulte qui s'était répandue en France au XVIe siècle, dans le sillage du comédien italien Ganassa, coutumier sous Henri IV des rôles de bouffons maladroits et d'Arlequins lourdauds. Insulte devenue, avec mon aïeul, titre de gloire.

Par la suite, ma famille se serait complu dans le souvenir de l'ancêtre, se laissant déchoir à chaque génération : chocolatier, peut-être aubergiste ou tavernier, cantinier enfin — je sais bien qu'il n'est pas de sous-métiers ; je sais aussi le brin d'hypocrisie derrière cette maxime. Quoiqu'il en soit, je porterais en moi le souvenir de ce gène génial.

Présomption qui reste à prouver, je le concède, les registres paroissiaux de l'ancien comté de la Marche ayant terminé en autodafé au son des carmagnoles et servi d'engrais aux arbres de la Liberté. Placé dans l'impossibilité de prouver ma filiation, je demeure jusqu'à plus ample informé l'expert digital mal décrotté que vous savez.

J'ai repris à Vincennes ma vie de basse intensité, lorsque la Providence refait parler d'elle sous la forme d'une plaque vissée à droite du pont-levis commandant l'accès au château : *Service historique de la Défense*. Les Ganache ayant travaillé pour l'armée, n'en trouverait-on pas trace dans les archives militaires, épargnées, elles, par les Terroristes de 1793 ?

Ça va encore prendre une semaine, cette histoire, le temps d'obtenir mon laissez-passer, puis de compulser trente mètres linéaires de paperasses, avant de tomber sur un dossier présentant un début d'intérêt.

Pour commencer, une confirmation : spaghettis sur le Pô, moules-frites aux bouches de l'Escaut, paëlla sur le Guadalquivir, rutabagas sur le Niémen : le Ganache du Directoire a nourri la Grande Armée dans toutes ses campagnes, factures à l'appui.

Remontant le temps, je fais la rencontre d'un nouvel ancêtre, marmiton pendant la guerre de Sept Ans. Puis d'un autre, économe des armées pendant celle de Trente. D'un autre encore, ravitaillant la soldatesque d'Henri IV.

Mon intuition se confirme : de siècle en siècle, les Ganache ont pourvu avec fidélité à la sustentation du combattant français. Pour autant, le paquet d'archives se réduit à peau de chagrin, sans que j'aie encore retrouvé mon chocolatier d'élection.

J'empoigne alors l'ultime archive du paquet : un titre de créance d'un Ganache sur le trésor royal, suite à la livraison d'une charretée de choux de Bruxelles, portant sceau de François Ier, date du 14 septembre 1515 et lieu Marignan. Je m'apprête à replacer le titre dans la succession des documents, quand je me fige. Le fixe, le relis, parce qu'avec ces graphies anciennes, ces pleins et ces déliés, ces hampes et ces jambages, le doute subsiste...

Mais c'est pourtant vrai ! Bel et bien vrai ! Exit ce G, ce bête G à dos rond ! Place au P, avec sa hampe au ciel et sa panse gonflée comme un drapeau. P déformé, P dysorthographié, P pris pour un G, mais P retrouvé ! L'ancêtre de tous les Ganache est un Panache ! Voici qui change tout ! Mais tout !

Un dictionnaire plus loin, je cherche un sens à tout ça : *P... Pagode... Paix... Palme... Panache : bouquet de plumes utilisé comme ornement. — En part. signe distinctif porté par un chef militaire. Att. en 1524.*

Et le plus beau reste à venir : sur le titre de créance, précédant Guy Panache, deux lettres : Ch. Abréviation courante à l'époque, me confirme l'archiviste d'astreinte : votre ancêtre était chevalier du roi.

De tout ce qui précède, le moindre écolier l'aura déduit : le chevalier Panache a chargé à Marignan ! Non, l'aïeul n'a pas inventé la crème chocolatée, l'eau chaude, la poudre ou le fil à couper le beurre — ce qui aurait déjà constitué un bel apport à l'humanité. L'humanité, il lui a offert le panache, mesdames et messieurs, le panache chevaleresque !

Le voici, l'atavisme qui m'a rattrapé sur mon vélo hollandais, au soir de l'illumination de Vincennes ! J'ai culbuté les coussins berlinois comme l'ancêtre les gardes suisses ! Cette fougue en moi, réprimée en vain et exprimée sans frein quand, cheval emballé, je me suis jeté sur les défenses de la Zone 5, cette fougue, c'est Marignan ! C'est la *furia francese* ! C'est le panache blanc auquel on se rallie ! C'est la charge d'Eylau ! C'est le mot de Cambronne ! C'est le serment de Koufra !

J'imagine l'ancêtre plumet au vent, se désignant comme cible principale à l'ennemi, par quoi il divertit le coup de feu destiné à son roi. À rebours, son absence à Pavie, en 1525, a peut-être été cause du désastre, et le peut-être est peut-être de trop. Car il est mort en 1524, ainsi qu'une annotation au bas du titre susmentionné me l'apprend, rendant caduque la créance de choux de Bruxelles. Sous la date du décès, cette observation : *Occis par un linteau de porte basse en le château de sa doulce favorite, lors qu'il courait après icelle vers sa couche.*

Jusque dans la mort, le panache !

C'est dès lors à moi, Guy, domicilié à Vincennes, célibataire, sans enfant, expert digital, titulaire du permis vélo, que revient par ordre de primogéniture mâle de ramasser le panache renversé par ce funeste linteau qui barra à l'ancêtre la route des transports amoureux !

Non, ce n'est pas de l'eau de bidet qui coule dans mes veines, mais un sang bouillonnant de preux paladin ! À regarder mes avant-bras en pleine lumière, il tirerait même assez sur le bleu, il me faudra étudier les parentés royales, on n'est pas à une surprise près…

Plus de Gaille en tout état de cause, ni de Ganache ! Place au chevalier Panache, par la volonté du roi François Ier ! Dire cela n'est pas faire offense aux vingt générations de Ganache qui ont servi avec dignité la popote sur tant de théâtres de guerre. L'enfant qui retrouve son père biologique ne désavoue pas son père adoptif. De même continuerai-je à chérir le nom de Ganache, tout en portant haut celui de Panache ! Ce faisant, je ne me renie pas : je m'accomplis. Je deviens ce que j'ai toujours senti être : un homme parfaitement inactuel. Je précise aussi que je ne nourris aucune rancœur : ni envers le préposé à l'état-civil qui a le premier écorché mon patronyme et fait tomber mon fier panache dans une casserole de crème ganache, ou autre acception du mot, ni envers ma famille laissant passer la faute qui la fit sémantiquement déchoir.

Sous mon physique demeuré quelconque, un supplément d'âme palpite désormais ! Dans la rue, je contracte mes vestiges d'abdominaux, creuse mes reins, serre les omoplates, aligne les cervicales sur le reste de la colonne, gagnant un bon centimètre. Ainsi redressé, mon regard porte loin, embrasse le vaste horizon, et c'est l'univers entier qui est changé.

Mes semelles battent le pas, le trot et m'emportent dans une folle cavalcade ! Mon chariot de commissions tout terrain à six roues est une gibecière foisonnant de faisans ! Ma carte bleue une bourse de livres tournois que je jette avec négligence au premier nécessiteux venu ! Mon digicode un parchemin cabalistique et ma clé électromagnétique une incantation ésotérique !

Et mon deux-pièces, mon deux-pièces n'est plus le ratage d'une époque où il fallait construire à tour de bras pour accueillir les enfants du babiboum et les rapatriés d'Algérie, construire plus vite, plus haut, plus fort, construire sans isolation contre le froid et le bruit, non : c'est un manoir de tuffeau dentelé, et la fuite d'eau des toilettes une claire fontaine en son parc.

Mon verre en pyrex, mes couverts en inox et mon assiette Arcopal sont de la plus belle eau, du plus pur argent, de la plus fine porcelaine. Et le cordon bleu qui grésille dans la poêle au téflon rayé, au manche désarticulé, ce cordon bleu à la marque d'un distributeur bon marché est une poularde léchée à chaque tour de broche par les flammes d'une cheminée murale au manteau sculpté des armoiries familiales.

Et la veuve du 8e, croisée en charlotte et chemise de nuit à la descente des poubelles, la veuve du 8e est une princesse à robe immaculée et voilette translucide flottant aux caprices du zéphyr. Et les klaxons en contrebas, les klaxons sonnent le tocsin dans le petit matin rose, et les ouvriers casqués d'orange et giletés de jaune sur le chantier voisin sont l'armée des preux, l'ost qui s'en va guerroyer pour l'intégrité du royaume !

Alors, d'un geste plein de panache, ainsi qu'il se doit désormais, je réalise un jet de charentaises par la croisée ouverte. Puis, avec davantage de force d'âme encore, un lancer très sûr de portefeuille. Que m'embarrasserais-je de toutes ces cartes ? De crédit, quand je n'en cherche qu'auprès de Dieu et mon roi, de fidélité, quand je ne suis fidèle qu'à ma dame, de sécurité sociale, quand je suis moi-même l'assurance vie de la veuve et de l'orphelin, de piscine, de cantine, de déchèterie et de tout ce que vous voulez, la liste demeurera incomplète sans que la face de cette histoire en soit changée.

Ceci étant, touchant à ma carte de crédit, je suis allé un peu vite en besogne. Me ravisant, je la récupère en quatrième vitesse sur le trottoir, avec moins de force d'âme que dans mon premier mouvement, certes, mais davantage de prudence, ce qui constitue aussi une vertu.

Quoiqu'il en soit, l'heure est venue de fendre l'armure.

III. Transition professionnelle

Bon, tout cela est exaltant, mais je dois quelque peu me calmer : on n'est pas dans un *comics* américain, la métamorphose d'expert digital en chevalier ne s'obtient en aucune façon par un tour sur soi-même.

D'abord, me renseigner sur le métier. La journée-type du chevalier, ses missions et conditions de travail. Ne pas occulter les tâches ingrates ou répétitives, ni les contraintes inhérentes à la profession : mobilité géographique, journées à rallonge, troubles musculosquelettiques, exposition quotidienne à des périls mortels, bref : pénibilité à tous les étages.

Ceci posé, réfléchir au chevalier que je veux être. Car aussi bien, il y a façon et façon d'habiter la fonction.

Chevalier, c'est à l'image du cholestérol : le bon et le mauvais cohabitent en nous. Entre celui qui se tape la croisade sous une armure de cinquante livres, avec la piètre isolation thermique que ça inclut par un froid de canard comme sous le cagnard, et celui qui s'envoie des rasades d'hypocras ou d'hydromel à la taverne entre deux parties de trou-madame, ça n'est pas tout à fait la même.

Une certitude : chevalier c'est un boulot à plein temps. Il va falloir se caler sur un nouveau rythme, et je ne vais pas pouvoir continuer à expertiser digitalement en parallèle. Pas le choix : je dois quitter Biz&Buzz dès à présent.

En bon chef de foyer fiscal, je pèse les implications d'une telle décision. Parce que derrière la façade glamour de la vie au grand air et au contact des équidés, de la liberté d'action et du succès auprès des dames, le filet de protection sociale est aussi troué qu'une biroute d'autoroute. Préférable est-il d'ouvrir une phase de négociations avec le patron, à l'effet d'aborder ma transition professionnelle avec sérénité. Bayard avait-il des angoisses de fin de mois ?

Je retrouve Jean-Mat' dans son bureau, sifflotant une chanson de son égérie du moment, Jean-Barnabé, lequel oppose une fin de non-recevoir à la maltraitance des fruits de mer. Je l'aborde en fin de troisième couplet (étrillant le méthane rejeté par les flatulences des ruminants). J'ai préparé mon intervention avec soin mais, pour finir, c'est une entrée en matière improvisée qui s'impose devant l'Histoire :

— Tu sais où tu peux te la mettre, Fanny !

Jean-Mat', auquel on ne peut dénier une belle intelligence situationnelle, sent qu'il faut qu'on se parle. Il me fait asseoir et me demande, le salaud, ce qu'il peut faire pour moi.

Je ne te refais pas, lecteur, le chemin qui m'a mené ici, tu l'as emprunté avec moi. En résumé, j'explique au patron vouloir quitter Biz&Buzz pour faire chevalier. Il me regarde avec des yeux d'ethnologue :

— Chevalier ?

— Chevalier.

— Chevalier ?

— T'es lourd.

— Mais chevalier, c'est salissant ça !

J'étais préparé à pareille réaction : qu'un patron peine à voir dans son employé de bureau un chevalier nouvellement adoubé, il n'y a là rien que de très logique. Question d'époque : personne n'aurait tiqué à pareille annonce au Moyen-Âge. Tandis que jadis, un chevalier lançant à la cantonade qu'il assurerait dorénavant les campagnes de communication de la guilde des marchands de soieries aurait étonné.

Ça y est, Jean-Mat' a encaissé l'information, comme le prouve sa repartie :

— T'es le meilleur expert digital de la boîte. Et même de la rue Oberkampf. Si tu bosses bien, dans dix ans, t'es analyste web, et dans vingt, tu prends ma place !

— Ma place n'est plus ici. Tu imagines Bayard en *conf call* sur la mercatique virale ? Bournazel t'expliquant la segmentation des prospects ? Duguesclin en campagne de recrutement de trafic qualifié ? Godefroy de Bouillon en entretien annuel d'évaluation ?

— Fais pas le con, Gaille. L'hiver, à Paris, il fait froid.

— C'est pourquoi je veux un départ l'amiable. Et ne m'appelle plus jamais Gaille !

— Et comment doit-on t'appeler désormais ? Pas Guy quand même ?

— Non, pas quand même. Panache.

— Panache ?

— Panache.

— Panache ?

— T'es lourd.

— Comme Ganache avec une faute de frappe ?

— C'est Ganache la faute de frappe.

Jean-Mat' a rejoint Guerlaine devant la machine à café. Voici qui est bon signe : la directrice du Bonheur ne saurait être un oiseau de malheur ; et le patron, c'est sa force, est moins dogmatique que pragmatique. À eux deux, ils devraient nous trouver une solution.

J'avais vu juste : Jean-Mat' me propose un poste de chevalier au service de Biz&Buzz, à des conditions qui s'étudient : salaire sur dix-huit mois, logement en Relais & Châteaux, douze semaines de congés payés, monture échangeable tous les ans, avec prise en charge des frais afférents (consommations, révisions, réparations), mutuelle enfin couvrant les blessures par armes, reçues comme responsables.

La négociation entre dans le dur. Nous commençons par prendre à bras le corps nos différends typographiques : place des virgules, confusion entre italiques et guillemets, accentuation des majuscules, concordance des temps, termes impropres. Pourparlers stimulants, entrecoupés de chaises vidées et de tables quittées, qui débouchent contre toute espérance sur un projet formel. Reste à nous accorder sur le fond.

Nous nous battons d'abord pied à pied pour les armes concernées par la mutuelle, et établissons la liste suivante : armes blanches : fléau, morgenstern, messer, plante-vilain, plommée, framée, colichemarde, rapière, espadon, claymore, braquemard, badelaire, cimeterre, hallebarde, pertuisane, saquebute, épieu, guisarme, vouge, balestrin, flèche, vireton, carreau d'arbalète et trait d'arc ; armes à feu : haquebute, couleuvrine, serpentine, bombarde, mousquet, espingole, pétoire, tromblon, arquebuse et escopette.

Las ! Les tractations achoppent alors sur le remboursement des notes de frais. Je refuse l'idée d'un plafond, qui m'apparaît comme une atteinte à ma probité tant qu'à mon portefeuille. C'est me frapper d'un même élan au cœur et à la poche intérieure. Certes, je suis prêt à arborer mon panache dans les justes combats de mon siècle. Mais il y faut un confort minimal, faute de quoi on décourage les vocations.

Jean-Mat' estime mes exigences anormales. J'estime normal qu'elles le soient : un chevalier ne saurait faillir à sa mission faute de picotin. Je ne vais pas m'agenouiller pour l'achat d'une armure aux derniers standards, un réassortiment de lances ou le remplacement d'un cheval mort d'épuisement entre mes cuisses.

La discussion s'anime, s'envenime. C'est en ces conjonctures que je sors ma botte secrète, car vous l'ignorez encore, mais le patron me doit beaucoup, étant donné qu'un bénéfice net triplé en un an, pour un directeur d'agence, c'est une belle petite carte de visite.

Allez, je vous raconte.

À la requête *agence de communication + Paris*, l'annuaire en ligne propose 16564 résultats. Donc oui, un nom de société, c'est important. Il faut savoir se distinguer par du singulier familier. De l'insolite explicite. Du surprenant rassurant. De l'inattendu entendu. Avec Biz&Buzz, Jean-Mat' a eu le nez creux.

À l'époque, le patron avait noté sur ce qu'il appelle *paperboard* (et que je nomme plus platement *jambon*) les *keywords* résumant l'ADN de l'agence.

Au passage, ça m'agace, cette manie du gloubiboulga linguistique : avec Jean-Mat', pas une phrase sans tomber dans la langue de Shakespeare. Enfin, ce serait du Shakespeare, passerait encore… Mais l'intérêt de remplacer *comme tu veux* par *up to you*, et *au plus vite* par *asap*, je ne vois pas. Tout ça, c'était *cool* dans les *eighties*, mais en 2024, franchement ? Et comment faire, une fois l'anglais ringard, si on n'a plus que lui ? Quoi qu'il en soit, Jean-Mat' est le *boss*, alors *let's go* pour la *keynote* sur le *coworking bottom up from scratch*.

Les mots-clés furent bientôt épinglés tels des cornichons sur le jambon : expertise digitale, expérience utilisateur, trafic qualifié, invention des possibles, entreprise agile, démonstration des solutions, écosystème global — pour les questions, j'y répondrai à la fin.

Après la tempête de cerveaux, les idées avaient fusé sans filet ni filtre : du slogan ricain qui gagne (*Make it happen!*, *Stay tuned!*, *Work in progress!*[1]), du calembour bien de chez nous (*Opinion sur rue, ArqueBuzz*), du jeu de mot bien de chez eux (*Expert'ease, Com'X*), du vintage (*La Fabrique du Buzz, L'Atelier des Médias*), du mot-valise (*Webuzz, Urbanomad*), de la feinte (*L'Agence sans nom, L'Autre Agence*), du martial (*Des Hommes de Com, Jedi Agency*). Toutes propositions qualifiées de déceptives par Jean-Mat'.

Les charbonniers étant les plus mal chauffés, il en appela à la concurrence. Concurrence qui revint vers lui *asap* avec cette alternative : à ma gauche, bien calée au cœur du 11ᵉ arrondissement parisien, où naît la rumeur, grandit le bruit de fond et s'emballe le buzz : *Oberkampf Communication* ; à ma droite, bien planté sur ses deux jambes, prophète iconoclaste, touche-à-tout inclassable : *Jean-Mat' Agency*.

À la suite du patron ce jour-là, exprimons-le sans détour : travail bâclé. Il reprit le dossier à son compte, et commença par se poser cette question : pourquoi faisait-il ce métier ? Rassemblant ses idées, ramassant son propos, il conclut qu'il voulait faire du fric avec du trafic. Ce serait *Biz&Buzz*. *Biz* comme *Bizness*, pour sûr, et *Buzz* comme *bourdonnement,* mot qui ne gagne pas, dans ce contexte, à être traduit. Biz&Buzz donc, nom *putaclic* en diable. Une belle aventure humaine, en somme.

Voici pour la version officielle. Mais temps est venu de faire toute la vérité sur cette histoire : Biz&Buzz,

----

[1] *Faites bouger les choses !* ; *Restez à l'écoute !* ; *Travail en cours !*

c'est moi. Avant moi, la société s'appelait Kopi Luwak. Nom qui sonne, mais ne dit rien à personne. Jean-Mat' en avait conscience. Lors de mon entretien d'embauche, il m'a mis à l'épreuve : que je lui trouve un nom porteur et j'aurai la place.

Quand il m'a exposé sa vision du métier, mon bon sens paysan s'est transplanté dans ce nouveau champ lexical, et Biz&Buzz m'est tombé du ciel. Moins vénal que Fric&Trafic, plus international que Brouzouf&Barouf.

À condition de garder le secret, le poste était pour moi.

Sous ce rapport, et sans vouloir me jeter de fleurs, le triplement du résultat net, c'est bibi. Que tout soit dans le non-dit entre nous n'y change rien : Jean-Mat' l'a en permanence à l'esprit. Il me semble cependant utile de le lui rappeler. Étonnamment, le patron juge mon autosatisfaction exagérée, et balaie notre accord tacite et ma menace implicite d'une question lourde de sous-entendus :

— T'as pensé à déposer la marque Biz&Buzz ?

Je me couche donc, mais non sans assortir mon accord d'une ultime exigence. Car tout patron qu'il est, Jean-Mat' est peu au fait de la convention collective de la branche chevalerie médiévale, et a négligé un point capital : l'écuyer.

— L'écuyer ?

— L'écuyer. Et ne t'avise pas de répéter *écuyer* avec un point d'interrogation à la fin.

— Et ça sert à quoi, l'écuyer ?

— C'est le caddy de golf d'antan. L'écuyer porte l'écu du chevalier, comme le caddy porte les clubs du golfeur. Il lui fait la courte échelle sous son destrier, comme le caddy donne le bras pour monter en voiturette. Il débotte et déshabille le chevalier après les joutes, comme le caddy…Bon, laissons ça à l'intimité du vestiaire…

Il est futé, Jean-Mat', et a tout de suite compris l'importance de l'écuyer. Aussi me propose-t-il, pour le poste, par ordre d'apparition : Jean-Bal', Jean-Cach', Jean-Chris'. D'après lui, ce qu'il a de meilleur en boutique. Mais non, il a mieux : Jean-Mat' soi-même. Je m'en ouvre à lui, qui ne semble pas percevoir l'honneur qui lui est fait.

— Moi, ton valet de pisse ? Plutôt mourir !

— Très bien : réglons ça sur le pré.

— Comment ça sur le pré ?

— Une joute. Au meilleur des trois lances.

— Une joute, d'accord, mais au meilleur des trois manches : première instance, appel et cassation. On se revoit aux prudhommes !

42

Jean-Mat' a quitté la pièce sans ménagement pour la porte. Du grand théâtre comme il sait en faire. Il a jugé bon de solliciter derechef Guerlaine. Cette fois, ils s'entretiennent dans le petit recoin près des toilettes, s'y trouvant plus tranquilles. C'est ignorer les soucis de prostate qui m'ont appelé sur le trône. Des adjurations de Guerlaine, pas un mot ne m'échappe :

Prends ça comme un jeu ; tu imagines le buzz qu'on va faire ; c'est perché, cette histoire de chevalerie, mais ça porte un idéal ; Gaille a ce petit grain de folie qui te manque ; tu as besoin de sortir de ta zone de confort ; ça montrera ta proximité avec les équipes ; et une forme d'humilité ; comme tu serais beau en écuyer.

Trois réflexions intérieures vues des cabinets : plus que jamais, j'abhorre ce stupide surnom de Gaille ; Jean-Mat' a beau se débattre, expliquer que ce n'est pas un grain de folie chez moi, mais tout le boisseau, il a déjà perdu ; le *comme tu serais beau en écuyer*, c'est le coup de grâce.

Car oui, Jean-Mat' n'est pas insensible à l'apparence : chemise cintrée camel (caramel passe aussi), pantacourt seconde peau houmous sur socquettes sanguine laissant à nu vingt centimètres de jambe épilée, chaussures de sport à usage urbain guacamole. Un nuancier de décorateur, un festival de saveurs, une indéniable intelligence esthétique. J'ajoute des montures de lunettes en bois durable et une barbe de trois jours taillée tous les matins (chez Biz&Buzz, de l'époque du rasage, je suis le seul survivant). Certains le disent métrosexuel. Voire !

Personne ne l'a jamais vu s'ébattre à la station Oberkampf…

Passons, et retrouvons Jean-Mat' dans son bureau, sa licorne sur les genoux qu'il caresse comme d'autres leur chat. Pour finir, Lilas est passée sur le billard. C'est fou ce qu'on peut faire de nos jours avec la chirurgie : viscères en place sous une suture invisible, corne redressée et consolidée, implants capillaires violet électrique. L'opération de la dernière chance a réussi et le doudou, c'était inespéré, a recouvré ses atouts séduction.

C'est Guerlaine qui a joué les gardes-malade. Aurait-elle mis la résurrection de Lilas dans la balance de l'Histoire, pour la faire pencher en mon sens ? Toujours est-il que c'est bon pour Jean-Mat', il sera mon écuyer. À condition de ne pas porter mon écu, ni de s'occuper de mon cheval et de mon armure. Autant dire la totalité des servitudes du métier.

Le lendemain, le contrat n'attend que ma signature sous son lot de clauses entortillées comme poils d'aisselle, et relevant de la casuistique byzantine plutôt que du droit du travail — mais est-il pertinent d'opposer ces deux disciplines, que dis-je : ces deux arts ?

N'étant pas juriste et te pressentant, lecteur, peu enclin au déchiffrement d'un document aussi ardu, je m'attacherai à résumer l'essentiel : je suis chevalier, c'est officiel puisqu'écrit sur mon contrat de travail.

Je vous scelle le tout d'un *Chevalier Guy Panache* à la plume de paon, tracé sur la largeur de la page avec force moulinets de fleurettiste fendant l'air de sa botte. Un graphologue en tirerait à coup certain quelque conclusion fâcheuse. Qu'importe : cinq siècles tout rond après la mort de l'ancêtre, son titre de chevalier est relevé, c'est bien tout ce qui compte ! Alors oui, vous auriez beau jeu de dire qu'on n'entre pas en chevalerie en vendant son âme. Que, chevalier ou salarié, il faut choisir. Je retourne le coup en assénant que c'est facile de négliger les réalités matérielles quand on a du bien, mais que je n'ai d'héritage que mon nom, et encore l'ai-je reconquis en terrassant trente mètres linéaires d'archives.

D'ailleurs, Jean-Mat' ne fait pas franchement dans la philanthropie, et m'embauche avant tout pour le buzz et le biz, soient les deux mamelles de Biz&Buzz. Un recrutement de chevalier, en 2024, c'est entendu, le tout Paris va en parler pendant dix minutes, une éternité par les temps qui courent.

Mieux : le patron réfléchit déjà à un nouveau nom pour l'agence (*Les Chevaliers du buzz* ou *Les Preux de la com'*, plus altier, si l'on excepte le risque de confusion avec *Lépreux de la com'*). Il commence aussi à faire tourner des slogans, comme *La com' sans peur et sans reproche, La com' de taille et d'estoc,* et d'autres encore, mais pas assez aboutis pour qu'ils soient ici dévoilés.

Jean-Mat' me raccompagne à l'ascenseur en me donnant du Chevalier Panache à foison, appuyé de cajoleries sincères dans le dos soulignées de regards profonds ponctués d'onomatopées d'approbation hachées de hochements de tête convaincus conclus d'une franche poignée de mains.

Café Charbon, je fête ça au Bourbon pointu. Vingt euros en bouche, je relis mon contrat, et c'est là que je prête attention à cet astérisque en fin de document, renvoyant à une note de bas de page, menant à une annexe spécifiant que je suis chevalier-stagiaire à l'essai pendant deux ans, rémunéré à 100% aux résultats.

N'empêche : je suis chevalier, je suis chevalier.

IV. Toudouliste chevaleresque

On n'imagine pas, pour faire chevalier, tout le travail en amont. Je note sur le tableau des commissions la toudouliste comme elle me vient : monture, armure, heaume, lance, armoiries… Toutes choses que je ne trouverai pas au Boboprix d'en bas.

Le cheval. La plus belle conquête de l'homme (et cet homme embrasse la femme). C'est un conjoint qu'il s'est trouvé là. N'avons-nous pas tous en mémoire quelques-uns de ces couples formés devant l'Histoire ? Bellérophon et Pégase, Alexandre et Bucéphale, Napoléon et Marengo, Zorro et Tornado, Lucky Luke et Jolly Jumper, Yakari et Petit Tonnerre, Woody et Pile-Poil, pour les citer par ordre d'apparition ?

Moi aussi, il me faut trouver monture à mon entrejambe. Compte tenu des progrès de la technique et du confort depuis Pégase, Bucéphale et consorts, j'opte pour une Harley Davidson de 2500 cm3, élue deux-roues le plus polluant de l'Histoire par le magazine *Mobilité et propreté,* jamais détrônée à l'heure où je vous parle. Une rareté.

Je l'enfourche et cherche à voir ce que la bête a dans le ventre sur les chemins vicinaux reliant Le Cloud aux Molles, Les Gauilles aux Casquettes, Montgouyoux à Masganachoux, Le Mouletas au Chaussadis, et autres lieux-dits, écarts et hameaux de notre belle commune creusoise d'Ahun (lecteur

47

parisien, veuille accepter mes excuses les plus plates).

L'expérience de conduite s'interrompt lorsqu'une poule prouve son peu de considération pour le code de la route en débouchant par la gauche. Je l'évite ric-rac mais, ce faisant, m'écrase contre une limousine (la vache, toujours la vache). Ma monture connaît une agonie en apothéose, n'en finissant plus de jeter à la face du ciel ses plus beaux panaches de dioxyde de carbone et d'azote, parmi des quartiers de bœuf cuits à point. Le chant du cygne.

De retour à Vincennes, je décide de m'en remettre à une monture plus traditionnelle. Après étude de marché, j'arrête mon choix sur un poney, moins onéreux et plus garable qu'un étalon. Mais par où chercher ? On ne trouve pas un poney sous le sabot d'un cheval.

Or donc, je découvre au détour d'une promenade postprandiale autour du lac Daumesnil que Poneys Express propose des sorties équestres à 5 euros la minute. Pour avoir le bonheur d'en bénéficier, il faut se situer quelque part entre l'âge plancher de dix-huit mois et la taille plafond d'un mètre quinze. Si la première condition est remplie haut la main, la seconde m'ôte tout espoir.

Je décide de tourner l'obstacle en offrant une balade montée à Shiseida, la fille de Louboutine, à l'occasion de son troisième anniversaire.

Le mercredi suivant, j'arrive en avance au lac Daumesnil, afin de préempter la monture qui comblera les exigences de la chevalerie moderne. Il y a là des spécimens splendides qui frisent le statut de double-poney. Amiral ! Baron ! Majesté ! Aramis ! Torpille ! Manureva ! Chacun d'eux réveille en moi des rêves de gloire — si toutefois réveiller un rêve n'est pas y mettre fin. Je chevauche en Perse à dos de Calife, traverse la lande de Camelot sur Excalibur, charge à Marignan sur Furia Francese !

Las ! Empêchée par un *incident voyageur* au métro Porte Dorée (lecteur provincial, je perds patience), Louboutine n'arrive pas, si bien que tous ces poneys magnifiques supporteront d'autres enfants que la sienne. Pour être honnête, c'est donner des perles à des cochons, tant la prestance en selle de la plupart laisse à désirer.

Louboutine arrive enfin, Shiseida dans les bras qui semble mal disposée. Qui l'est de fait. Elle trouve les poneys moches et méchants et malodorants, et juge préférable de se rouler par terre. Elle a raison sur un point : les montures qui restent ne sont pas dignes de figurer dans un épisode de *Mon Petit Poney* : Frileux et son plaid écossais mité ; Attrape-Mouches et toutes celles qu'il a au train ; Non-Partant, qui traîne une vilaine bronchite.

Je n'oublie pas Bidet, un shetland nain atteint d'une maladie de croissance. Sa forme rappelle en effet l'élément de salle de bain dans lequel on effectuait jadis ses ablutions intimes. Une sale ganache sur laquelle Shiseida jette son dévolu, ne contrarions pas sa bonne humeur retrouvée, ça reste précaire.

Le troupeau se met en route, Bidet en queue, encadré par Louboutine et moi. Dès que l'occasion se présente, notre poney cherche à satisfaire un besoin bien légitime de tondre tout ce qui passe à portée de dents, aussi sommes-nous bientôt distancés.

Ce retard m'est une aubaine : le peloton hors de vue, j'annonce à Shiseida que l'aventure s'arrête là. Elle se récrie, cela s'entend, et il me faut en passer par l'éprouvée technique du bâillon, qui se pratique sans mal sur une enfant de trois ans, avec volupté dans le cas présent. Je remets la fille à sa mère, fais pivoter cette dernière, et renvoie ce petit monde d'où il vient, coupant court aux questions.

Bidet en profite pour bâfrer des trèfles. Plutôt que de besoin légitime, sans doute faudrait-il parler ici de péché mignon. Lui coupant l'herbe sous le pied, je l'enjambe et, genoux aux aisselles, recroquevillé tel une araignée feignant la mort, m'engage dans une discrète allée cavalière.

Ma fuite a quelque chose d'un sprint de sénateur en déambulateur, d'autant que Bidet continue de faire halte à tout bout de champ, et il m'apparaît maintenant avec clarté qu'en fait de défaut véniel, sa gourmandise tient de la goinfrerie, péché estampillé capital.

Ce vice à part, mon poney montre une parfaite indifférence à son enlèvement. Flegme qui facilite les choses et fluidifie la relation : devenir l'un pour l'autre uniques au monde devrait relever de la formalité.

Rattrapé par les crampes, je change bientôt de stratégie, et chevauche Bidet à la façon d'une draisienne, cette bicyclette sans pédale qu'on propulse en prenant appui au sol. À ce rythme, je fatigue plus vite que ma monture, et suis contraint de marquer une pause.

Bidet se laisse accrocher à un panneau, qui m'informe qu'au-delà de cette limite, l'espace naturiste s'offre à nous. De fait, je distingue des types à poil qui se dressent à ma vue.

L'un d'eux s'approche et forme le vœu de monter mon poney à cru. Bien qu'il y ait une logique à chevaucher son Bidet dans le plus simple appareil, j'oppose une fin de non-recevoir, pour des raisons de gêne et d'hygiène, c'est tout un. La situation m'offre pourtant une idée : prendre l'habit du naturiste pour me fondre dans le décor.

Il était moins une : arrive en courant le loueur de poneys, hélas fort physionomiste, puisqu'il me gratifie sans hésitation d'un : « Hé, vous là-bas, mon poney ! ».

Ici, l'expression *esprit de corps* prend tout son sens : voyant l'un des leurs en proie à une poursuite arbitraire, les naturistes serrent les rangs autour de ma personne, faisant écran total à mon objecteur. L'huile solaire aidant, ce dernier échoue à s'immiscer entre leurs lunes serrées. J'en profite pour m'éclipser.

Alliant au calme des vieilles troupes la dignité du réprouvé, je ne suis pas malheureux d'enfin mettre à couvert l'essentiel — ou l'accessoire, vu que nous le savons depuis Saint-Exupéry : l'essentiel est invisible pour les yeux.

Rendu dans mon deux-pièces, je gare Bidet dans le salon. Il se jette avec appétit sur la moquette murale.

Je ne parviens à l'en détourner qu'au prix d'une double ration de flocons d'avoine.

Formé dans l'adversité, notre couple est prêt pour la grande Histoire.

L'armure. Bleu de chauffe du chevalier, soulignant la stature, suggérant les formes sans les dévoiler. Instrument de séduction massive à l'instar du négligé de satin ou de la nuisette à dentelles.

Je pousse jusqu'au village Saint-Paul, royaume des antiquaires. La première boutique est la bonne : couchée dans un lit d'époque si court qu'on dirait un Busunge™ extensible d'Ikea, l'armure espérée me tape dans l'œil, avec son plastron métallique bombé qui s'embrase au moindre rayon.

Je m'approche avec respect, vérifie que personne ne dort à l'intérieur, et prends le temps de la détailler de haut en bas. Que de beautés ! Mentonnière, gorgerin, couvre-nuque, rondelle d'épaule, spallière, cubitière et gantelet, braconnière et flancart, et tassette aussi ; cuissot, oreillon de genouillère, grève et soleret, et j'arrête là, vous êtes tous allés à l'école.

Pareille pièce appelle la caresse. Mais à peine l'effleuré-je qu'elle se disloque dans un fracas de casseroles très avant-garde.

Je tâche de recoller les morceaux. Par malheur, s'agissant des puzzles, ça remonte à l'enfance, je n'ai jamais manifesté la persévérance nécessaire. Dans ma grande impatience, qui ne peut être comparée qu'à ma grande ignorance, je prends un pédieux pour un rebras, j'inverse bassinet et gousset, je substitue une bavière à une braguette. L'ensemble n'a ni queue ni tête.

Morceau après morceau, j'exfiltre tout ça sous le manteau et vous le mets à recycler dans la poubelle jaune devant la boutique, qu'au moins on en tire des conserves de petits pois. Sans regret majeur : l'armure culminait au mètre cinquante-deux, ce qui manque un soupçon de superbe, et aurait nécessité de sérieuses reprises chez l'armurier.

Après un conciliabule avec moi-même, je me rabats sur un tailleur, pour un résultat dont je vous laisse juge. Avant : tricot de corps rentré dans le slip blanc, sous un paletot à motifs écossais (lesquels auraient mieux convenu pour des chaussettes, un kilt à la rigueur). Après : gilet anthracite à thème cotte de mailles et pantalon coupe mue de serpent qui vous met en valeur le costume trois pièces mieux que le plus saillant coquillard.

Ainsi soutenu dans mon intimité, je m'offre d'arpenter un magasin de bricolage à la recherche d'une lance, cette excroissance virile du chevalier. Cette fois, l'affaire est vite soldée, et mon trousseau s'étoffe d'une tringle à rideau à la longueur réglementaire (quatre mètres tout de même, ce qui m'attire quelque inimitié dans le bus).

Reste le heaume, l'armet, le hanepier, le morion, le cabasset, le bassinet, la barbute, la bourguignotte, la salade, le casque quoi, qui protège le chef en même temps qu'il soutient le panache. Un magasin de jouets fera l'affaire : j'y dégotte un heaume conique à nasal du Haut-Moyen tardif, soit autour de l'an mille. Heaume qui, par un décret de la Providence, se trouve moulé à mon crâne. Adjugé.

Quant au panache, c'est un autre chapitre, le sujet est trop essentiel pour être traité en trois lignes.

Le panache. Il vous rehausse aux yeux du monde et vous signale à l'ennemi, marque patente de bêtise pour nos stratèges contemporains, davantage versés dans le camouflage et la furtivité, mais hier encore gage de grande hardiesse. Il me faut de l'altier, du qui s'affronte aux grands vents, s'expose aux tempêtes, s'oppose aux moqueries si nécessaire. Et ne laisse aucun doute sur mon patronyme retrouvé.

Je songe un moment à plumer les tourterelles de ma tourelle du Cloud : ce serait, en plus d'un houppier immaculé, leur apprendre à vivre. Avec le risque non négligeable d'y laisser un œil… En outre, le panache blanc étant la marque d'Henri IV et son émule Charrette, je décide royalement de le leur concéder devant l'Histoire.

Plus proche que Le Cloud, le zoo de Vincennes offre une grande profondeur de gamme. Je soupèse les options. Le vautour fauve est chauve, on évacue. L'autruche ferait un beau scalp s'il n'était caché dans le sable. Plumer un manchot de Humboldt ne m'apparaît guère courageux. Tout m'oriente vers la serre tropicale, à la palette chromatique joliment plus large.

Tapi dans un recoin, je procède par élimination. Le violet touraco et le bleu nuit choucador : je laisse ça au côté obscur de la force. Le mauve de l'ara hyacinthe m'apparaît peu martial. Pour un panache, il faut des couleurs mâles… Du jaune pétard, du rouge cramoisi, du bleu roi : gentil macao, je te plumerai !

À l'heure de la fermeture, je me dénude, ce qui est en passe de devenir une habitude, et me plonge dans la mare de la serre. Un roseau pour tuba, j'attends la ronde du gardien de nuit pour gagner sur la pointe des pieds le nid de mon macao. Rémige bleue, rectrice rouge, penne jaune : je saisis tout ça d'une main !

La surprise passée, le volatile se jette sur ma toison pectorale, et m'en arrache une bonne becquée, moins dans l'idée de s'en faire un panache que d'en garnir son nid. C'est plumes contre poils : nous sommes quittes.

Après ce morceau de bravoure, je me replie en mauvais ordre et peine à renfiler une chaussette, lorsqu'une torche prend mes parties intimes dans son faisceau. Il me faut agir vite : le macao est un oiseau protégé ; je suis un homme en danger. Mon plumet pour feuille de vigne, j'opte crânement pour la fuite au nez du gardien. Lequel me traque, lequel me rattrape, lequel me plaque. Un peu troublé, le gardien.

C'est ainsi que l'on connaît sa première confrontation avec les autorités de son pays, dans un commissariat vincennois, au milieu de la nuit, nu, enrhumé, accusé de violation du domaine public, de braconnage d'espèce protégée, d'exhibitionnisme enfin.

Après ça, allez expliquer que vous cherchiez trois plumes un peu sympas pour votre panache... Normal qu'on vous fasse souffler dans le ballon, moins que vous vous révéliez sobre. Vous passez donc pour dérangé et, au petit matin, on relâche ce piètre candidat à la garde à vue, allégé de ses plumes, non sans l'avoir immatriculé au registre des citoyens flétris.

Tout n'est pas compromis pour autant : d'une fidélité canine, la Providence vous attend sur le trottoir d'en face sous l'apparence d'un pigeon. Vous achetez à la chaude une baguette de tradition et, assis sur un banc, l'émiettez devant un, puis deux, puis trois pigeons — disons ramiers, c'est plus poétique. Bientôt toute une cour des miracles se dandine autour de vous : à l'un, il manque une patte, une aile à l'autre. Tant mieux pour vous car à vaincre sans péril, on triomphe sans peine. Vous avisez le plus mal en point. Avec la vivacité d'un ressort, vous l'empoignez à la gorge et lui arrachez l'empennage.

De retour dans votre deux-pièces, vous découvrez à vos dépens que ces plumes sont pleines de parasites divers et vous les brûlez dans l'évier.

Ultime coup de théâtre de cette grande affaire de panache : vous tombez sur le calame dont vous avez usé pour parapher votre contrat de travail. Une belle, une longue penne ocellée soustraite à la queue d'un paon ! Que n'avez-vous commencé par là ? La nature propose-t-elle plus fier cimier ? Quand vous savez que les oiseaux descendent des dinosaures, vous vous dites que l'évolution va dans le bon sens.

Le reste de la journée est occupé à fixer cette plume sur votre heaume à l'aide d'un bandeau-éponge de tennis aux couleurs des Rastafaris. Ensuite, il ne vous reste plus qu'à passer et repasser, monté sur Bidet et vos grands chevaux, devant le commissariat de Vincennes. Attirant, c'était à prévoir, l'attention d'un agent de la circulation.

— Dites-donc, votre plumeau sur le casque, là, ça n'est pas homologué.

— C'est un plumet. Un plumail à la rigueur. Le mieux est de dire *panache* !

— Bon, en tout cas, votre balayette, faut l'enlever, ça pourrait causer un accident.

Et l'agent de la circulation vous invite à circuler, justifiant par là-même l'essence de sa fonction.

Le blason. Carte d'identité du chevalier. Condensé pictural des mérites familiaux. Code couleur qui vous distingue au cœur de la mêlée. Un gros morceau, le blason. Pour reprendre une formule de gratte-papier un rien cossard : j'imagine le mien comme un dialogue entre tradition et modernité.

L'heure a maintenant sonné de vous livrer la vision qui m'apparut sur le manteau de ma cheminée, dans mon deux-pièces à Vincennes, la nuit suivant la découverte de mes origines chevaleresques : celle d'un pipit farlouse. J'ai bien vu, vous avez bien lu : un pipit farlouse, également appelé pipit des prés, passereau de pas quinze centimètres (à l'âge adulte), bâfreur de graines, bouffeur d'insectes, bourreau d'araignées et boucher d'escargots.

Or, si le pipit farlouse, qui niche dans la tourbière de Mazure, entre Royère-de-Vassivière, Le Monteil-au-Vicomte et Saint-Pierre-Bellevue (lecteur parisien, si cela n'avait tenu qu'à moi, tu peux m'en croire, j'aurais plus volontiers situé l'action du côté du parc Monceau), si le pipit farlouse, incapable de défendre contre le coucou son nid bâti à même le sol, si le pipit farlouse, donc, en imposait au XVIe siècle sur un écu, ce qui reste à prouver, il pâtit aujourd'hui de résonances paronymiques dévaluées. C'est injuste mais c'est ainsi : il y a aussi des visions à oublier.

Il me faut trouver un animal qui intime davantage le respect. Je pense au piranha bicéphale. Aux rhinocéros grimpants. Au griffon à gueule de requin enragé, queue de dragon en rut et serres de vautour psychotique. Si je ne manque pas d'idées, aucune n'emporte ma pleine adhésion.

Flanqué d'un traité d'héraldique, je me mets en quête d'armoiries davantage à ma ressemblance, enchaînant sur un petit logiciel très ergonomique les essais, tel ce blason écartelé du premier et du quatrième à la tourelle, du second et du troisième à la tourterelle (la rime ajoutant au charme du blasonnement un bon moyen de soutenir la mémoire). Mais la tourelle est chez moi un lieu d'aisances, et la tourterelle un ennemi qui aurait pris ses aises.

Il me faut creuser plus profond. Que sais-je de moi que les autres ignorent ? Ma passion des fourmilières ? Du tennis de table ? Ma collection de timbres ? D'aucuns, je le pressens, verront dans cette introspection une fausse bonne idée. Dans un élan de clairvoyance, j'irai quant à moi jusqu'à confesser une vraie mauvaise idée.

Cette sécheresse artistique me décide à aborder un autre chantier : la moustache. Je m'efforce de laisser pousser sur ma lèvre un beau guidon de vélo terminé en crocs, auxquels j'espère bien pendre, avec le soutien d'une boîte de cire, le cœur d'une belle dame du temps jadis. Mais chaque chose en son temps.

Bienvenue, cette parenthèse moustachue m'a éclairci l'esprit : j'ai trouvé mon blason ! Entre tradition et modernité, avais-je annoncé. Je tiens parole : *De gueules au Bourbon pointu de sinople, au chef de trois panaches d'argent.* Et je vous fais tout de suite la traduction : une tasse à café verte sur fond rouge, exhalant sa fumée grise.

Criard, décrit comme ça, mais les chevaliers d'hier tiendraient pour fadasses nos goûts du jour. Si je devais exprimer un avis plus personnel qu'universel sur mon propre choix, quitte à me vautrer dans le calembour héraldique, je dirais volontiers que ça a de la gueule.

À un armurier de Tolède, je passe commande d'un écu, déposé par drone et dans l'heure sur mon balcon. Ça a du bon, tout de même, cette société de consommation compulsive et de livraison instantanée. Ne reste plus qu'à peindre le motif, ce qui n'est pas donné à tous, tout dépend des talents dont Dame Nature vous a gratifié. Moi, c'est la philatélie.

Je m'attaque donc à reculons à ma tasse à café, pour un résultat qu'on peut qualifier d'enfantin. Et puisque personne n'en a l'idée, je me félicite chaleureusement de n'avoir pas choisi le griffon à gueule de requin enragé, queue de dragon en rut et serres de vautour psychotique.

Monture, armure, panache, blason : cette fois, mon attirail est complet. Reste à m'en servir. Mais monter un cheval au galop avec une armure de cinquante livres sur le râble, une lance de quatre mètres sous le coude, on a perdu l'habitude, c'est plus lourd qu'un téléphone portable. Il va falloir en soulever, de la fonte, à la salle de sport.

Au Moyen-Âge, c'était plus simple. À peine sorti des langes, on vous collait un balai de crin entre les guiboles et une épée en bois dans les pognes, allez, va jouer, tu apprendras en t'amusant. Vous grandissiez avec vos attributs, si je puis dire. Sans même l'avoir cherché, à des seize ou dix-huit ans, vous étiez champion de la lice.

Mais aujourd'hui ? L'Éducation nationale s'occupe de tout, qu'on vous dit. Résultat : nulle ombre d'école de chevalerie ! Pas d'équivalence, passerelle, filière parallèle ou validation des acquis de l'expérience ! C'est à la petite semaine, chacun dans son coin ! En France ! En 2024 !

Pour l'initiation en conditions réelles, tintin ! La guerre, faut laisser ça aux professionnels, qu'ils prétendent. Quand on voit les lignées des chevaliers d'antan et, plus près de nous, ces officiers de père en fils, on devrait pourtant se dire que bon sang ne saurait mentir, et faire confiance à la transmission familiale. Mais non, sans diplôme, vous n'êtes rien mon petit, tout juste bon à balayer la cour.

Bon, il faut aussi reconnaître que certaines choses ne s'improvisent pas. Par exemple, s'agissant de contrecarrer les projets d'un type armé d'une massue cloutée qui vous veut mort, vous pouvez toujours invoquer un quelconque atavisme, il vaut mieux courir vite. Quelque que fussent mes ancêtres, je demeure le puceau de la lice.

Ma priorité : apprendre à monter dans les conditions du champ-de-bataille, soit au cœur d'une mêlée furieuse opposant deux cavaleries aspirant à se découper. Je décide de m'initier à la quintaine, vous savez, ce mannequin sur pivot : vous devez percuter son écu et vous baisser dare-dare pour éviter de vous faire occire par son retour de masse d'armes dans votre honorable occiput.

Évidemment, pas la moindre quintaine dans le bois de Vincennes. Des tables de pique-nique, de ping-pong, un parcours de santé ou d'accrobranche, ça oui, mais une quintaine, une bête quintaine, que nenni !

Pourquoi ne pas m'entraîner sur les radars de la Zone 5 ? Fort de ma grande idée, j'éperonne, lance au flanc, et hop, j'empale un radar, puis les autres à la file, et c'est bien vite une ribambelle que je promène comme autant de cubes de viande sur une brochette — les panneaux *Zone 5 – Péril mortel* jouant dans cette comparaison le rôle des poivrons rouges.

Avant de mourir, les radars ont envoyé à Michel Grandjean, dans un dernier panache, les photos souvenirs d'un chevalier monté sur un poney nain et armé d'une tringle à rideau. Là encore, j'aurai l'occasion de les voir en prison.

Ici, une remarque : entre le poney et le vélo hollandais, y'a pas photo : l'intelligence animale a prouvé sa capacité supérieure à s'adapter aux coussins berlinois. Du moins à leurs cousins vincennois.

Quant à moi, je suis apte au service.

V. Crise de vocation

Au début, il y a ce communiqué de Biz&Buzz, expliquant que l'esprit de chevalerie est désormais l'ADN de la marque. Pour preuve, l'agence reversera 0,01% de son résultat net au profit des veuves et orphelins de guerre[2].

Monté sur Bidet, je fais flotter haut dans le ciel francilien l'étendard de l'agence, aux deux B en miroir. Mon poney arbore une couverture de parade blasonné du même. Un poil longue la couverture. Il s'y prend les pattes plus qu'à son tour, ce qui redouble l'intérêt du spectacle.

Salons professionnels, boutiques éphémères, conventions d'entreprises : tout est bon dans la communication. J'anime même à l'occasion quelques joutes et tournois dans ces spectacles médiévaux qui fleurissent l'été dans les campagnes à touristes.

Jean-Mat' a vu juste : le journaliste est appâté. Que le premier morde à l'hameçon et tout le banc suit. Le landerneau n'en a que pour Biz&Buzz, et c'est vraiment un beau buzz qui augure d'un bon biz. Pour le dire avec quelque trivialité : le portefeuille clients se remplit.

L'éditorialisme parisien s'interroge sur le retour de l'esprit de chevalerie en ce XXIe siècle avançant. Feu de paille ou tendance de fond ? Effet de mode ou

---

[2] France métropolitaine, hors Corse. Mesure non rétroactive.

retour aux sources ? À l'éditorialisme parisien comme à l'homme de la rue, je réponds vertus chevaleresques, défense du plus faible, fidélité à mon suzerain, observation des commandements de l'Église, obéissance à mon roi…

Bien vite, Jean-Mat' m'enjoint de ne plus parler à la presse ni à personne. Des autoportraits, oui. Des autographes, à la limite. Les questions, en revanche, c'est pour lui. Un mauvais buzz est si vite arrivé.

Par fidélité à mon suzerain du moment, je la boucle donc. De ce fait, je passe pour potiche. Partout où je porte l'étendard de Biz&Buzz, c'est la même histoire : *Il fait drôlement bien le chevalier, on dirait un vrai ! Il m'a même demandé si j'étais orphelin ! Quel comédien ! Ça fait longtemps qu'il est intermittent du spectacle ?*

Sans condescendance aucune pour ceux qui font la vie festive et culturelle de la France : moi, chevalier Panache, dont l'aïeul a sans l'ombre d'un doute chargé à Marignan, un saltimbanque ! Pas un pour comprendre que je ne joue pas : je suis.

Par bonheur pour les gens, les vertus chevaleresques excluent tout geste inconsidéré du type enfonçage de cage thoracique au fléau, énucléation à la lance ou décollement à l'épée d'une personne désignée coupable de remarque déplacée.

Emploi à vie, monture de fonction, logement spacieux : chevalier, à l'âge d'or (soit à la grosse entre Bouvines et Azincourt, 1214 et 1415), c'était une belle situation, vous valant le respect du fretin et les honneurs du gratin.

Mais depuis le XVe siècle, pour être honnête, peu de professions ont connu pareil déclassement : château à courants d'air et fuites de toit ; revenus à votre bon cœur ; canasson tape-cul avec autonomie de quoi ? 20, 30 kilomètres ? Rien d'une sinécure.

En comparaison, commercial de base, c'est F4 avec chauffage au sol, triple vitrage et aspiration centralisée ; mutuelle santé, assurance chômage et pension retraite ; surtout, surtout, véhicule confortable : climatisation, fauteuil inclinable, hauteur ajustable, amortisseurs hydrauliques.

J'insiste sur les amortisseurs car, au fond, le point noir du métier demeure la pénibilité. Passer dix heures en selle sur le périphérique embouteillé, au début ça fait sortir, voir du pays et du monde. Ensuite, vous êtes rappelé à vos propres problèmes de circulation.

Meurtri par ces montes répétées, j'en viens à délaisser Bidet. Or, qu'est-ce qu'un chevalier sans monture ? Un piéton. Habillez-le de pudeurs lexicales, biffin, fantassin, soldat d'infanterie, troupier, zouave, tout ce que vous voulez : qui se déplace sur ses pieds est un piéton, un bête piéton (ceci dit sous le coup de la douleur, lecteur bipède, n'en prends pas insulte : loin de moi l'idée de mordre la main qui me nourrit).

À ce point de souffrance ma décision est prise : je raccroche les éperons. À l'imitation du parfait modèle de vertu chevaleresque, Renaud de Tor, lardé de quatre épées mais n'ayant rien perdu du tranchant de son esprit, je lance à la face du Ciel : « Glorieux Sire Père, qui fus et seras toujours, prends pitié de mon âme, car le corps est perdu » !

Mais je me raisonne incontinent : si mon poney est cause de mes maux, dois-je pour autant jeter le chevalier avec l'eau du Bidet ? Comme dirait cet excellent Philippe le Bel : il faut savoir raison garder. Cette mise à l'épreuve pourrait bien m'être imposée dans un but supérieur. Avant de commettre l'irréparable, je jette donc un dernier coup d'œil du côté de la Providence.

Or, il advient qu'icelle me répond par le biais d'un lot de *Que sais-je ?* cornés, rognés et piqués, exhumés lors d'une virée piétonne, cela va sans dire, et acquis à vil prix chez un bouquiniste du Pont Neuf.

Citons pêle-mêle : *La Numismatique en s'amusant, La Chevalerie médiévale en France, Le Péril vénérien, La littérature française du siècle philosophique, Calcul différentiel et intégral, Jeanne d'Arc, Psychologie militaire, Toponymes parisiens, Le siècle de Louis XIV.*

Tombé de la pile, ce dernier s'ouvre, comme par habitude, sur la relation de cet événement demeuré dans les annales : la fistule du Roi-Soleil. M'y plongeant (dans le *Que Sais-je ?*), j'apprends que ladite fistule n'a pas fissuré le fondement de l'État, mais bien plutôt contribué à l'affermissement du trône, un peuple à l'unisson poussant à pleins poumons le *Grand Dieu, sauve le Roi*, inspiré par la guérison du monarque à la religieuse Marie de Brinon et au compositeur Lully.

(*Te deum* plagié par Haendel pour le compte d'Albion la perfide, sous le titre *God save the King* — ou *the Queen*, c'est selon. Car oui : l'hymne royal britannique, à défaut de la cuisse de Jupiter, est sorti de la fistule anale de Louis XIV. Anecdote dont l'évocation n'est guère exempte de mesquinerie, il est vrai, mais c'est si bon.)

Cette lecture me met du baume au cœur et de la pommade ailleurs : c'est là le signe que j'attendais ! Si un roi, le plus puissant de son temps, a pu gouverner dans pareille adversité, et même unir ses peuples dans cette épreuve, du bien pourrait aussi sortir de mon mal.

À compter de ce jour, je décide de m'asseoir sur mes souffrances. Et, à l'instar du Roi-Soleil, d'en tirer un supplément d'âme. Non, la première dilatation veineuse un tant soit peu douloureuse ne me privera pas d'arborer mon panache dans les justes combats de mon siècle. Ce serait oublier la renversante fécondité de la souffrance offerte.

Tout cela est formidable, mais une question surgit ici : les justes combats de mon siècle, quels sont-ce ? La quête du graal a été menée à bien. On ne va pas rejouer les croisades, ce serait mal venu. Les grandes charges de cavalerie, c'est bon pour les livres d'Histoire.

Ardant d'enfourcher un cheval de bataille ou, pour complaire au vulgaire, de me trouver un dada, je cherche des pistes dans mes *Que sais-je ?*. Lecture qui m'initie entre autres à la différence entre grande et petite vérole[3], à la portée pédagogique de la corvée de chiottes[4], mais aussi à la symbolique des deux tranchants de l'épée du chevalier : l'un pour frapper le riche opprimant le pauvre, l'autre le fort persécutant le faible[5].

Comment traduire ce symbole en acte dans le présent contexte ? Je ne me vois pas tellement couper en deux un *trader* dilapidant en une nuit une vie de salaire de smicard. Ni étêter un vigile barrant l'entrée en boîte de nuit à un gringalet boutonneux.

Mon *Que sais-je* ? me confirme par ailleurs que l'idéal du chevalier est de défendre la veuve et l'orphelin. D'accord, mais encore faut-il qu'ils en montrent l'envie. La veuve du 8e par exemple : quand je lui ai offert protection et assistance, elle a lâché son bouledogue. Quant à l'orphelin, dans nos contrées occidentales, ça ne court pas les rues. Et si enfin j'en repère un, il ne faut pas dix minutes pour qu'on me

---

[3] In *Le Péril Vénérien.*
[4] In *Psychologie militaire.*
[5] In *La Chevalerie médiévale en France.*

mette au frais, au prétexte qu'un type déguisé en chevalier qui propose des bonbons à un enfant, c'est louche. Où va le monde ?

Fi de la veuve éplorée, foin de l'orphelin mal peigné, il me faut trouver autre chose. Et c'est là que la Providence me rattrape une nouvelle fois par les cheveux, à la lecture du *Que sais-je ?* n°142. J'y redécouvre Jeanne d'Arc, poussée par ses voix, faisant sacrer à Reims le petit roi de Bourges, Charles VII.

Je ne suis pas catégorique mais il me bien semble qu'en moi aussi une petite voix a susurré une demande de cet acabit (étant donnée ma tendance à m'envoyer du métal lourd dans les oreilles, il pourrait aussi s'agir d'acouphènes).

Je vous épargne les méandres de ma réflexion pour vous en livrer le fruit : j'accepte la mission qui m'est confiée de relever le trône de France. Et d'y asseoir un roi, bien sûr, sans quoi on perd son temps. Me voilà occupé pour les cinquante prochaines années (je n'ai jamais cru à la restauration rapide).

Charité bien ordonnée commençant par soi-même, restaurer la royauté est en outre un moyen simple et sûr d'être reconnu à plein chevalier. Car sans roi, pas de chevalerie ; et sans chevalerie, pas de Panache, mais un piètre Ganache petit-bourgeois et grand républicain.

Alors oui, je sais, la République a aussi ses chevaliers. Par ordre de préséance : ceux de la Légion d'Honneur et du Mérite, ceux des Palmes académiques, ceux du Mérite agricole et maritime, ceux enfin des Arts et des Lettres. Un tel titre officiel sur papier vergé à en-tête et tampon de l'État serait le bienvenu pour ouvrir les quinquets des incrédules, du moins leur fermer le caquet. Hélas, je ne vois guère pour quel ordre mon nom pourrait être proposé…

En y réfléchissant, l'éventualité de ressortir à celui des Arts et des Lettres m'apparaît, mais seulement après la publication de ces mémoires. Publication que j'envisage posthume, pour ne rien arranger. Sans doute peut-on être cité post-mortem, comme tous ces grands hommes dont l'inhumation contribue à déterrer le talent. En attendant, j'aurai plus vite fait de restaurer l'ordre ancien.

Pour peu que Biz&Buzz m'ait appris quelque chose, c'est bien l'importance de remporter la bataille médiatique. Je commence par faire infuser l'idée d'une restauration en tapissant les murs parisiens de fleurs de lys, que le badaud moyen prend pour des suppositoires à ailettes. Méprise qui a toutefois l'heur de piquer sa curiosité.

Je légende alors mes œuvres de *Vive le Roi !* qui, 176 ans après le renversement de Louis-Philippe, pourraient être compris au second degré. D'autant que son règne n'a pas laissé dans l'imaginaire collectif un souvenir impérissable. Mais bon, les termes du débat sont posés.

Comme de bien entendu, j'ai toutes les polices de la capitale aux fesses. Pris en flag' par mon agent de la circulation préféré, me voilà condamné à une peine éducative, pédagogique, instructive, formatrice, didactique, appelez-la comme vous voulez, en tout cas utile à la collectivité selon les présupposés républicains : un stage de *street art*, au cours duquel je peindrai, sur mes fleurs de lys, le buste d'Évelyne Thomas les seins à l'air, c'est-à-dire en Marianne.

Quoi de plus normal qu'une République combattant pied à pied celui qui veut sa mort ? Anatole France nous a prévenus : *La République gouverne mal, mais elle se défend bien.* C'est de bonne guerre. Quant à nous, s'il nous faut chouanner, nous chouannerons !

Je sais bien, en voulant relever le trône de France, ne pas m'engager sur un tapis de pétales de roses. On ne change pas de régime comme on passe au sans gluten. Il faut mouiller l'armure. Je fais donc demande à Jean-Mat' d'une année sabbatique, dans le dessein de lancer mon entreprise de restauration.

De restauration ? Le patron pointe d'emblée les contraintes : chef aboyant en cuisines, clients en salle vous traitant comme un chien, travail sans horaires, dans l'urgence permanente, revenus qui reposent sur les pourboires.

Je le détrompe avant que le quiproquo n'en devienne gênant, et il a cette réaction :

— Un roi ? En 2024 ? Panache, cette affaire de chevalerie, faut que ça reste un plaisir !

— Un plaisir, la chevalerie ? Un service, oui !

— Bon bon, si tu veux. Mais un roi en 2024 ! Ne me dis pas que tu y crois vraiment ?

— J'y crois vraiment !

— Mais personne ne veut plus d'un roi !

Chose que je n'avais jamais faite : je regarde Jean-Mat' comme s'il était abruti, mais abruti, avant de m'entendre lui répondre :

— Personne ne l'espère. Mais de là à dire que personne n'en veut…

Et là, c'est parti pour un débat de haut vol, avec échange d'arguments affûtés comme des rasoirs et futés comme des arrosoirs.

— Panache, tu veux nous renvoyer au Moyen-Âge ! C'est le retour de l'obscurantisme !

— Toi, tu n'as jamais mis les pieds à la Sainte Chapelle ! Je t'en foutrai, moi, de l'obscurantisme !

— Le Moyen-Âge, ce sont les guerres de religion, le dogmatisme, le fanatisme, la superstition religieuse, les bûchers, la damnation !

— Moyen-Âge, le nom en lui-même est un tract ! Comme si les mille ans qui séparent la chute de Rome et celle de Grenade, Clovis et François Ier, n'étaient qu'un entre-deux, une vaste éclipse de l'intelligence, un gigantesque néant artistique qui n'auraient pris fin qu'avec une prétendue Renaissance ! Le Moyen-Âge, puisqu'il faut en passer par le mot, c'est la ferveur mystique, les pèlerinages, les cathédrales qu'on commençait en sachant qu'on n'en verrait pas le bout, le monachisme et ses œuvres : l'école, l'hôpital, l'accueil des pauvres !

— Les pillards en bandes, la peste, la famine !

— La solidarité entre les générations, la charité en actes !

— Les serfs taillables et corvéables à merci !

— Les compagnons, les corporations, la possession de son outil travail !

— La féodalité, la société pyramidale, les ordres, les privilèges de la noblesse !

— Le chevalier protégeant au péril de sa vie le paysan qui le nourrit ; le clerc instruisant, administrant les sacrements, conduisant ses ouailles au salut !

— L'absolutisme !

— Le Lieutenant de Dieu sur Terre, à genou devant son Créateur, au service du bien commun !

— La tyrannie !

— Le respect des provinces, de leur parlement, de leurs us et coutumes, la démocratie locale, combien davantage qu'en notre ère jacobine !

Sonné, Jean-Mat' refuse toujours d'en croire ses oreilles.

— Préférer les ténèbres de l'Ancien Régime aux Lumières du nouveau... Là, ça me la coupe...

— Les ténèbres du Moyen-Âge ne sont que celles de notre ignorance !

— Ça, c'est pas de toi !

— Enfin une saine parole ! C'est de Gustave Cohen, médiéviste du premier XXe siècle. Ce bon Gustave évoque même *la grande clarté du Moyen-Âge* ! Une fois qu'il vous a décillé, à côté, les Lumières palissent, c'est forcé.

Le patron prend une tête effrayée, de celles qui signifient : *Oh non, pas les Lumières ! C'est sacré, les Lumières ! On ne touche pas aux Lumières, sinon on se brûle !* Pffeu... Comme si Rousseau, Voltaire et toute la clique avaient allumé les étoiles ! Le *fiat lux*, c'est eux, peut-être ?

— Et les Droits de l'Homme dans tout ça ?

Du pipi de chat, rétorqué-je en substance à Jean-Mat', et je m'explique avant qu'il ne tombe en pâmoison : jusqu'aux Droits de l'Homme, la référence absolue de l'Occident était le Décalogue, accompli par la loi d'amour du Nouveau Testament. Les hommes avaient des devoirs les uns envers les autres, la charité les coiffant tous. Les Droits de l'Homme ont renversé cette préséance des devoirs sur les droits.

Ici, sachant bien qu'il y a des coups à prendre, je m'abrite derrière une femme, Simone Weil en l'occurrence, et conseille à Jean-Mat' de relire *L'Enracinement*, sous-titré *Prélude à une déclaration des devoirs envers l'être humain*. Je dis « relire » par souci de ne pas le vexer, sachant bien que « lire » serait déjà énorme, et « comprendre » inespéré. Que nous dit-elle, Simone ? Le mieux est encore de la citer :

L'erreur fondamentale des Hommes de 1789, c'est-à-dire de ce qui est au fondement de notre civilisation, c'est d'avoir posé en principe ce qui est nécessairement une conséquence. Posé en principe le droit, alors que les droits sont une conséquence des devoirs.

Je reformule pour mon écuyer : moi avoir devoirs envers toi, donc toi avoir droits. Dans cet ordre. Et non l'inverse. Capiche ? Les droits avant les devoirs, c'est Pâques avant les bœufs, la charrue avant Carême, selon que l'on croit au Ciel ou non.

Jean-Mat' ne goûte pas mon ton docte et me trouve beaucoup moins marrant que d'habitude, limite pénible. Ma façon de citer à tort et à travers des auteurs tout aussi obscurs que le Moyen-Âge l'agace au plus haut point, quand lui-même n'a pas eu le loisir de préparer sa communication sur le sujet qui nous occupe, à savoir les mérites respectifs des droits et des devoirs de l'Homme.

Guère étouffé par la politesse, mon écuyer se dirige alors sans prévenir vers la sortie, et je dois le rattraper par son col camel (ou caramel) : pas question de filer comme un pet sur une toile cirée, nous n'en sommes qu'à la mise en bouche. Venons-en au plat principal : les Droits de l'Homme, d'accord, mais lesquels ?

La Déclaration afférente en liste quatre : *la liberté, la propriété, la sûreté et la résistance à l'oppression.* Pourquoi ceux-là ? Allez savoir ! Si j'avais été présent, j'aurais bien levé le doigt pour proposer le droit au gîte, au couvert et au baquet. Car ne nous payons pas de mots : le petit peuple de 1789 voulait plus de pain et moins de taille, gabelle, champart, dîme, vingtième et tout le chapelet des impôts et taxes. Moyennant quoi on lui a collé des grandes envolées lyriques dans l'assiette. Ça ne mange pas de pain ; ça n'en procure pas non plus.

Mais revenons à notre Déclaration : quel est donc cet Homme libéré, ce Citoyen arraché à l'oppression par les principes de 1789 ? Parle-t-on d'une des 300 000 victimes des guerres de Vendée ? Du million de morts de la décennie révolutionnaire ? D'un paysan levé parmi la masse ? D'un royaliste émigré ? D'un ouvrier étêté, 80% des guillotinés se trouvant être d'extraction populaire ? Quelle cocasserie, tout de même, cette France régénérée bafouant les Droits de l'Homme comme peu ou prou aucun roi avant elle !

La propriété n'est pas en reste : deux mois après la Déclaration, le clergé séculier était gentiment raccompagné aux portes des abbayes, couvents et monastères, les réfractaires priés de vider les paroisses. M'enfin, quand vous terminez martyrs sur les pontons de Rochefort, au fond de la Loire ou septembrisés sans autre forme de procès, autant se détacher de l'accessoire, on monte plus vite aux Cieux !

Jean-Mat' m'oppose une moue dubitative :

— J'espère que tu n'as jamais raconté ces horreurs pendant tes cours d'Histoire...

— Tu vas me dénoncer peut-être ?

— Bon, on reparle de tout ça plus tard, là t'es trop à fleur de peau. Mais je persiste à penser que cette histoire de roi, c'est pas une bonne idée, pas une bonne idée du tout...

VI. Le trône renversé

Un mois pour restaurer la royauté. C'est tout ce que j'ai pu négocier. L'Everest en tongs et maillot de bain, face nord, sans assistance ni oxygène.

Mon plan est arrêté : trouver le roi et relever le trône. Mais dans quel ordre ? Trouver le roi d'abord, quitte à le laisser faire le pied de grue le temps de trouver le trône ? Ou bien mettre au préalable la main sur le trône, le laisser vacant le temps d'y dépêcher le roi, avec le risque qu'un autre y pose entretemps ses nobles rotondités ?

À ce stade, la question du trône ne demeure-t-elle pas seconde rapportée à la personne du roi ? Car comment restaurer une royauté sans roi ? Tandis que rien n'interdit de le faire sans trône. Il s'agira simplement de trouver un moyen alternatif d'asseoir le souverain, chaise, siège, tabouret. Mais ne serait-ce messéant ?

Si le populaire réclame de la pompe et de la pourpre, je pourrais tout autant décréter trône royal tout fauteuil à pieds chantournés, assise et dossier en velours. Seuls quelques experts décatis y trouveraient à redire.

À la fin, trône ou roi, il faut trancher : ma pièce retombant sur face, la quête du trône sera ma priorité. Après quoi il sera toujours temps d'y asseoir un roi. Enfin, on posera une couronne sur la tête du monarque. Pour soulager ma mémoire, je me répète mon ordre de mission en boucle : trône, roi, couronne ; trône, roi, couronne ; trône, roi, couronne…

La main de la Providence a dû guider ma pièce car, s'agissant du trône, je vous le livre en exclusivité : je tiens une piste. Depuis plusieurs jours déjà. Je ne voulais pas vous le confier trop tôt, tant d'espoirs sont en jeu. Mais quelques certitudes plus tard, je puis m'en ouvrir : vous le savez, j'habite Vincennes. Et à Vincennes, chaque année, c'est qui qui prend ses quartiers sur la pelouse de Reuilly ? La Foire du Trône, pardi !

Je m'y rends de ce pas, j'arpente, je consulte, je baguenaude, je m'enquiers, je flâne, j'investigue, je musarde, je sollicite, je vague, je sonde. Las ! marchand de pommes d'amour ni tenancier de manèges ni vendeur de barbes-à-papa : personne pour m'indiquer où trouver ce foutu trône ! Une Foire du Trône sans trône, faut le faire !

Je ne m'avoue pas vaincu pour si peu car, selon un principe admis de tous, c'est à la fin de la foire qu'on compte les bouses. La lumière m'apparaît en effet dès le lendemain, à deux pas de la Place de la Nation. Cependant que je taille ma route, perdu dans mes pensées, je sens sur mon visage une manière d'embruns, mêlant des jaune moutarde et des vert pistache liés par une gelée translucide.

Levant le nez pour identifier l'origine de pareille émulsion, j'aperçois mon pigeon déplumé dans un platane. Et moi qui le pensais incapable de voler ! En arrière-plan, ce panneau : Avenue du Trône. D'un esprit déductif peu commun, j'en conclus que la foire éponyme a dû s'y tenir, avant d'être envoyé aux périphéries, par défaut de place ou excès de bruit.

Un *Que sais-je ?*[6] m'apprend opportunément que mon avenue tient son nom de la place adjacente, jadis appelée place du Trône, rebaptisée après l'insurrection du 10 août 1792 place du Trône Renversé[7], sur laquelle on dressa la guillotine sous la Terreur, remplacée plus tard par une sculpture de douze mètres de haut : le *Triomphe de la République*.

En ces lieux, le rasoir national réalisa des prouesses de productivité, décollant 1306 têtes en un gros mois.

Au nombre des victimes locales, les poètes André Chénier et Jean-Antoine Roucher, mais aussi les seize carmélites de Compiègne qui firent vœu de martyre pour que paix soit rendue à la France. Ifs comme érables du cimetière de Picpus les en remercient.

Au passage, cette lecture suscite en moi une fierté chauvine : c'est fou la fécondité langagière du Français ! Prenez la guillotine. Le bon peuple en a tiré au moins une douzaine d'images colorées : le rasoir national, le glaive de la loi, la louisette ou louison (dédicace de Marat à Antoine Louis, l'un de ses concepteurs), la mirabelle (hommage à Mirabeau), le moulin à silence, la cravate à Capet, la raccourcisseuse patriotique, la bascule à Charlot (de Charles Sanson, fer de lance d'une dynastie de bourreaux, comme on devient notaire de père en

---

[6] In *Toponymes parisiens.*
[7] Aujourd'hui place de la Nation.

fils), la veuve, le vasistas, l'abbaye de Monte-à-Regret…

Mais j'en reviens à mon *Que sais-je ?*, dont la lecture a fait naître en moi cette réflexion : si le trône a pu être renversé, c'est qu'il était debout. En effet, tournant la page, j'apprends que des sièges royaux furent installés sur place en 1660 pour asseoir Louis XIV et Marie-Thérèse d'Autriche, s'en revenant de Saint-Jean-de-Luz où ils s'étaient juré fidélité. Je brûle.

J'entreprends la fouille de la place, qui n'est pas exactement petite, dans l'espoir d'y trouver le fauteuil illustre du Roi-Soleil. Je sonde jusqu'aux dessous des massifs et aux jupes des voitures. Je n'oublie pas que le trône pourrait bien être toujours renversé, et le visualise en trois dimensions dans ma tête, le fais tourner pour tâcher de comprendre dans quel genre d'espace il pourrait se loger. Renversé ou non, il demeure introuvable.

Ma réflexion fait alors un bon spectaculaire : si le trône a survécu à son renversement et n'a pas servi de combustible à la Fête de la Fédération, chauffant les fesses du sans-culotte et illuminant l'Air des Lampions, quelque brocanteur ou chineur a dû le ramasser sur le trottoir depuis beau temps. Du moins le service des encombrants de la mairie de Paris.

Récapitulons les premiers résultats de nos investigations :

1. Il y a bien eu un trône dans le coin, un vrai de vrai, celui de Louis XIV, qui n'est pas le dernier des roitelets.

2. Ma culture historique s'enfle à vue d'œil, ce qui est intéressant dans l'absolu, mais ne m'avance à rien.

Lassé de tourner en rond autour de la Nation, je retourne à la fête foraine. Je m'y envoie crêpe sur gaufre, sucre d'orge sur barbe-à-papa, pain d'épice sur pomme d'amour, grande roue, montagnes russes et ascenseur stratosphérique auxquels je rends la totalité des mets du début de la phrase. Me voilà puni par là où j'ai péché, comme on dit. Pour autant, on dit aussi depuis un certain Paul, originaire de Tarse en Cilicie, que *là où le péché abonde, la grâce surabonde.* Assertion que je vais pouvoir vérifier par moi-même, en tentant une ultime démarche auprès d'une vendeuse de souvenirs :

— Pardon Madame : le trône s'il-vous-plaît ?

— Le trôneux ? répète-t-elle avec l'accent rond des Saintes-Maries-de-la-Mer, pour lequel aucun *e* ne saurait être muet.

— Oui, le trône qui a donné son nom à la Foire, celui de Louis XIV.

— Ô le couillong ! Si tu veux voir le trôneux de Louis Quatorzeux, va à Versailleux !

J'y allai.

À Versailleux ! lancé-je à mon GPS à la douce voix féminine, que je baptise d'un joli nom chrétien : puisque nous galopons vers la cité royale, ce sera Marie-Antoinette. Les préjugés sur le sens de l'orientation du beau sexe n'ont qu'à bien se tenir.

Bidet m'emporte sur la bande d'arrêt d'urgence, non sans faire une pause tous les dix pas pour croquer un plant de colza ou de carotte sauvage poussé derrière la glissière de sécurité. Ça dure quelque peu cette affaire, on compte déjà en demi-journée. Il est vrai que Bidet ne fend pas la bise. Parfait pour la Zone 5, il se montre moins à son aise sur l'A6.

L'A6 ? L'autoroute du Sud, de la Méditerranée, de la grande bleue, des congés payés, des olives, du romarin, de la lavande, des cigales, de la bouillabaisse, des spiritueux anisés ? Marie-Antoinette m'aura pour sûr trouvé un chemin de traverse m'épargnant les embouteillages.

La ligne d'horizon partage déjà le soleil en deux, et il va me falloir faire relâche pour la nuit. Épreuve supplémentaire, la pluie s'invite, droite et drue, un genre d'ondée tropicale de nature à laisser secs les négateurs du réchauffement climatique. Dieu que je regrette de n'avoir pas pris mon ciré jaune. Parce qu'un 36-tonnes qui vous balance une vague en travers à 80 nœuds, pas besoin d'être marin pour comprendre la pertinence du caoutchouc. J'ai les moustaches en berne et le panache en torche.

Je fais étape entre Avallon et Beaune. Mon poney s'y remet de ses peines en broutant les pelouses interdites et les crottes de chiens tolérées. Je dormirai en selle, c'est plus sûr. Ce mâche-dru de Bidet serait trop capable de suivre le premier voleur de pommes venu.

La nuit est inconfortable au possible, mes douleurs fondamentales se rappelant à mon bon souvenir. Bidet n'est pas en meilleur état : quoique ferrés de frais, ses sabots se sont usés sur l'asphalte, à tel point qu'il a perdu le dixième de sa taille. Nous repartons pourtant avec le jour, la joie de servir le royaume chevillée au cœur.

Mâcon laissée à main droite, Marie-Antoinette m'indique enfin de quitter l'autoroute. La manœuvre de contournement des bouchons franciliens terminée, je vais pouvoir fondre sur la préfecture des Yvelines. Moins de trois heures plus tard, je passe la ligne d'arrivée.

Immeubles grand siècle, vastes avenues, luxe, calme et propreté : je pense y trouver tout cela. En fait de quoi, ici, c'est Versailleux, ses étangs piscicoles, son parc ornithologique de 23 hectares et son label village fleuri.

Une loupe d'entomologiste braquée sur une carte d'état-major révélerait de surcroît au lecteur parisien l'existence de quatre cents âmes et deux cents foyers fiscaux. Sans omettre le premier foyer de grippe aviaire découvert dans l'Union européenne, en 2006, qui valut au village un beau battage et l'abattage de 11 000 dindes, comme le commémore une épitaphe poignante ajoutée au monument aux morts.

Tout le monde n'est pas féru de géographie, mais il devient obvie qu'on n'est pas là dans la cité du Roi-Soleil et que Marie-Antoinette m'a trompé. Sciemment ou non ? Ne comptez pas sur moi pour distiller ici le moindre sous-entendu sexiste.

La pluie s'en mêlant derechef, et fort de mon expérience sur la nature humide de l'eau, je me transporte à la cabane aux cars. La ligne 101 du réseau interurbain de l'Ain y fait étape, qui relie en vingt minutes la gendarmerie de Chalamont à la gare de Villars-les-Dombes. De là, le train vous mène d'un côté à Bourg-en-Bresse, de l'autre à Lyon, preuve que Versailleux est au cœur d'une offre de mobilité plurimodale douce et généreuse, merci le Conseil régional.

La pluie le cède bientôt au soleil rasant du crépuscule, laissant tout le loisir à la Providence de s'exprimer : sur le trottoir d'en face, un rai se fraie un chemin jusqu'au tréfonds des toilettes publiques, embrasant un trône immaculé (ou quasi). Il est là, le fauteuil du Roi-Soleil, il n'est que de suivre son rayon ! Il est là, le trôneux de Louis Quatorzeux ! À Versailleux ! Il est là, le siège du pouvoir, doré à la feuille !

Impossible cependant de m'en emparer en catimini. La Région ayant mis les meilleurs aux transports (au détriment des sports, force est de le reconnaître), la cabane aux cars est située au cœur du village. J'ajoute que dans mon dos se trouve la maison d'Yvette Pébeyre, dont j'ignore encore le petit nom mais perçois déjà la grande curiosité : un œil avisé surprendrait le sien à travers la dentelle d'un rideau, me regardant comme une poule un couteau.

Pour éteindre tout soupçon chez Yvette, je fais mine de m'intéresser aux horaires de passage. C'est brillant, sauf que pareil comportement fait poindre chez elle une interrogation, ainsi qu'elle me l'écrira en prison : pourquoi donc ce diable d'homme attend-il le car quand il possède un si fier destrier ? C'est louche. Yvette se recommande à elle-même d'ouvrir l'œil.

Le temps d'enlever le trône, si même j'y parviens, Yvette aura sonné le tocsin, et j'aurai tout le village sur le dos, armé de fourches pour ces messieurs, de rouleaux à pâtisserie pour ces dames. À moins que…

A y'est, je tiens ma grande idée ! Feindre une envie furieuse, mains à la braguette, sautillant d'un pied sur l'autre, gagner les lieux d'aisance, barboter enfin le trône à l'abri du regard inquisiteur d'Yvette.

Sitôt dit, sitôt fait. Sauf que le trône est fixé au sol. Sans doute un roi soucieux de prévenir tout renversement inopiné. Du beau boulot en tout cas, avec des boulons nécessitant au bas mot une clé de 36, du genre qu'on ne trouve que dans une trousse à outils de professionnel.

Je commence à faire jouer les attaches par poussées et tractions successives. L'effort est intense, comme l'indiquent mes joues. De rouges, elles virent rubicondes, puis vultueuses et, osons le mot, turgescentes. Les boulons cèdent et je me retrouve projeté en arrière, un geyser dans le visage. Mais, serré contre mon cœur, le trône en majesté !

Dehors, le car de 20h48 pour Villars-Les-Dombes pointe le bout de ses phares. À sa fenêtre, Yvette s'inquiète : et si ce jeune et beau cavalier venait à rater sa correspondance ? Et s'il avait un rendez-vous galant ? Il faut intervenir.

Yvette obtient du chauffeur qu'il patiente. Elle rallie les toilettes à pas comptés, cinq centimètres à la fois. Comprenant trop tard la portée de sa promesse, le chauffeur peste, attendu que le car de 20h48, à Versailleux, c'est aussi le dernier, et qu'il lui tarde de regagner ses pénates.

Du côté d'Yvette, on va avant peu passer la porte des toilettes, enfin, la porte, façon de dire, pas de porte ici, ça ventile mieux, donc Yvette va avant peu franchir le perron des toilettes, mais il faudrait plutôt parler de seuil, car le perron comporte au minimum une petite marche, et là, pas l'ombre d'une différence de niveau, un seuil, c'est encore ce qu'on fait de mieux, dans notre cas, en matière descriptive, on est vraiment de plain-pied, et c'est tant mieux pour Yvette qui peine à lever la jambe, et qui pourtant s'accroche, s'approche, elle peut le faire, elle va le faire, elle le fait, ça y est, elle est entrée et ça y est, elle est trempée, elle aurait dû se méfier, cette flaque sur le trottoir, ça n'augurait rien de bon.

Me voyant le trône dans les bras, Yvette comprend qu'un mauvais coup se trame et amorce un demi-tour, ce qui n'est pas une petite manœuvre : le pied gauche doit tourner autour de l'axe du pied droit, et cet axe tourner sur lui-même, mais elle le fait bien, Yvette, on voit la force de l'habitude, elle peut crier maintenant, sa voix portera dans la rue, au voleur ! au voleur !

Le chauffeur du car ne peut y couper : et si c'était un vrai voleur de chair et d'os ? Il n'a rien à gagner à s'en mêler, mais tout à perdre à se défiler, Yvette lui

91

ferait une réputation, sa vie deviendrait un enfer, il traverse Versailleux huit fois par jour.

En trois pas, il est sur les lieux du forfait, peu disposé à me disputer le trône. Laissons ça, dit-il à Yvette, c'est un pauvre type. Mais monsieur Courbaize, il faut réagir, tout part à vau-l'eau, c'est la recrudescence, votre car va jusqu'à la gendarmerie, on l'emmène avec nous, du boulot pour la maréchaussée, ça les changera, ils coinchent toute la sainte journée, je les vois quand je descends au terminus.

Je n'ai pas opposé de résistance. Encadré par Yvette et le chauffeur, mon trône dans les bras, je me suis assis dans le car, laissant derrière moi Bidet ripailler des parterres qui ont valu à Versailleux son label village fleuri. Voici qui ne va pas arranger mon cas.

À la gendarmerie de Chalamont, je tombe mal : sommet de la pyramide hiérarchique ce soir-là, l'adjudant vient de perdre sa mise à la belote. Petite mise, il est vrai, mais à la mesure de son traitement. En même temps, ma présence lui offre quelqu'un sur qui passer ses nerfs.

— Pourquoi vous avez volé une cuvette de chiottes ?

— C'est un trône.

— Oui, bon, si vous voulez. Ça n'explique pas le pourquoi.

— Pour y asseoir un roi.

À propos de rois, il s'en trouve trois dans le jeu de l'adjudant, ceux de carreau, pique et trèfle. J'en ai vu la couleur dans la vitre, quand le maréchal des logis-chef a distribué.

L'adjudant devrait faire une pause dans son interrogatoire pour jeter un œil à ses cartes, je l'en prie, ça ne me dérange en rien, ne fait de mal à personne et n'est pas contraire au règlement. Il hésite, mais la curiosité mâtinée d'esprit revanchard l'emporte, et je vois son visage changer du tout au tout.

— Monsieur Panache, remettez-moi ce trône en place et je passe l'éponge.

Quand on sait l'inondation en cours dans les toilettes publiques de Versailleux, cette proposition d'éponger, c'est généreux. Je n'en attendais pas tant. Professionnel jusqu'au bout des ongles, avant de me rendre à la liberté, l'adjudant me fait cette ultime recommandation d'usage :

— Vous êtes responsable des délits perpétrés par vos animaux domestiques. Moi, les fleurs, ça ne m'émeut pas. Mais si une petite vieille de Versailleux dépose une main courante, je serai obligé d'y aller voir. Allez, bonne soirée.

Par la départementale, Chalamont-Versailleux, c'est une grosse heure de marche, deux la nuit avec un trône sur les bras, trois en me ménageant quelques pauses dessus. J'ai bien conscience de commettre là un crime de lèse-majesté mais, en l'absence de roi, ne virons pas plus royaliste que lui, et autorisons-nous quelques menues compensations à nos efforts.

À Versailleux, j'entasse trône sur Bidet, et pose mes fesses au sommet. Une chaise percée, pour mon fondement douloureux, c'est encore ce qui se fait de mieux.

Au premier virage, le trône verse et moi avec. Bon, il serait peut-être temps d'en appeler à mon écuyer. On ne peut pas dire que j'abusais jusqu'à présent de ses services.

Ça amuse peu Jean-Mat', ce coup de fil à deux du mat' l'enjoignant à venir chercher incontinent un trône à Versailleux, et il me raccroche au nez.

Guerlaine. Je n'ai plus qu'elle. Elle décroche, m'écoute, une écoute de qualité, une écoute active, qui reformule, encourage si nécessaire, relance là où il faut. On n'est pas directrice du Bonheur sur un malentendu. Quelqu'un dans son dos la somme de raccrocher, et ça ressemble drôlement à la voix de Jean-Mat'. La vérité sur ce chapitre ne sera jamais établie.

L'un dans l'autre, ils débarquent tous deux trois heures plus tard dans la Mini de Guerlaine, car pour Jean-Mat', la voiture est un ennemi (bon, c'est vrai aussi qu'il n'a pas le permis). Il a accepté d'accompagner madame Bonheur à la condition expresse qu'elle plantera autant d'arbres qu'il faudra pour compenser le bilan carbone de cette foucade.

On met le trône à la place du mort, Bidet dans le coffre, dont il mangera la moquette. Guerlaine conduit, tandis que je m'endors sur le patron. Il a caché sa joie à la vue de ma trouvaille. Je reconnais bien là mon écuyer : tout en pudeur.

Au petit jour, nous remonterons l'avenue du Trône qu'un soleil frais émoulu diaprera et, parvenu place de la Nation, j'en gagnerai le centre à pied. Devant moi, monumentale, dépoitraillée, la République triomphante, l'œil à l'ouest, vers la Bastille et ses relents d'émeute, tournant le dos à Vincennes, Saint Louis et son chêne de justice.

Au pied de l'obscène statue, je relèverai le trône.

VII. Île Bourbon

Le trône en ma possession, reste à y asseoir un roi. Ce qui n'est pas la même limonade. Moins par défaut de candidats que par excès. C'est étonnant, le nombre de types qui prétendent à la couronne de France, quand on sait la fin de nos derniers monarques : Louis XVI : raccourci ; Charles X et Louis-Philippe, morts en exil. Sans même parler des deux Napoléon, avalant leur chique en terre albionesque (donc perfide).

Mais non, les rois pullulent. Rois *de jure,* comme disent les latinistes monarchistes (en cherchant bien, on en trouve), et non rois *de facto,* puisque de fait, leur royauté se résume à y prétendre.

Différence notable avec Jeanne d'Arc : aucun nom ne m'est soufflé à l'oreille, et je dois me débrouiller seul pour découvrir le gentil dauphin espéré. Par où chercher ? Quand on est expert digital fraîchement reconverti en chevalier, on n'a pas forcément le réseau.

Je commence par éplucher l'annuaire en douze volumes des prétendants au trône de France. Labeur qui me confirme l'inextricable panier de crabes, pour ne pas dire le nœud de vipères dans lequel j'ai mis les pieds, et vous avec moi.

On y trouve, outre des légitimistes et des orléanistes, des survivantistes — à ne pas confondre avec ces types qui s'enterrent dans des abris antiatomiques, médicaments, armes, eau et boîtes de conserve pour un siècle, dans l'espoir de réchapper au cataclysme qui leur donnera raison de n'avoir pas profité de la vie : eux, ce sont les survivalistes.

Les survivantistes croient pour leur part à la survie de Louis XVII, ainsi qu'à sa postérité, le fils de Louis XVI ne s'étant pas contenté de survivre, mais ayant décidé de vivre aussi ; or, l'amour étant une formidable pulsion de vie, serait advenu ce qui devait advenir : une progéniture.

Le hic étant que Louis XVII a tant survécu qu'il semble s'être multiplié par scissiparité : on le retrouve sous les traits d'un sabotier d'Anjou, Mathurin Bruneau, d'un fils de tailleur de Saint-Lô, Jean-Marie Hervagault, d'un exploitant de verrerie rouennais, Claude Perrin. Très peuple, pour ainsi dire, le Louis XVII revenu du diable vauvert.

J'oublie le principal avatar : Karl-Wilhelm Naundorff, horloger prussien, dont le patronyme a donné naissance au sous-groupe survivantiste des naundorffistes, lui-même divisé entre la branche aînée, française, et la branche cadette, canadienne. Et je me refuse, au sein de ces deux branches, à descendre au niveau du rameau.

Rabattons-nous plutôt sur la belle et grande querelle entre légitimistes et orléanistes. Pour y comprendre quelque chose, il faut remonter quelque trois siècles et douze générations. Nous voilà rendus au XVIIIe naissant, et à sa guerre de Succession d'Espagne.

Si j'avais une feuille, je vous ferais un crobard, mais nous sommes dans un livre, réveillons dès lors le pédagogue qui sommeille en nous, et tâchons d'être tant précis que concis, merci de ne pas m'interrompre, ceux qui connaissent déjà sont autorisés à sauter des pages.

Pour faire dans l'extrait de synthèse, l'héritier légitimiste descend de Philippe V, roi d'Espagne, petit-fils de Louis XIV écarté du trône de France à la paix d'Utrecht en 1713, alors même que le Roi-Soleil, en vertu des règles de succession du royaume, n'avait nul droit d'en exclure le premier dauphin.

Les légitimistes assurent au demeurant que Louis XIV était bien placé pour savoir sa décision infondée, et ne fit mine d'écarter Philippe V du trône de France que pour tromper Angleterre et Autriche, inquiètes de voir ceintes par un même front les couronnes de France et d'Espagne (empilement qui requiert tout de même, au poids de l'or, des trapèzes de taureau).

Les orléanistes estiment de leur côté qu'on ne va pas remonter jusqu'à Mathusalem, que la France a compté cinq rois depuis cette histoire, dont le dernier, Louis-Philippe est précisément l'ascendant direct de leur champion.

Je vous arrête ! répondent non sans raison les légitimistes : Louis-Philippe n'était pas roi de France mais des Français, ce n'est pas du tout la même : tenant son pouvoir non de Dieu mais du peuple, il ne faut pas s'étonner que le peuple le lui ait repris en 1848.

Ce à quoi les orléanistes ont beau jeu de rétorquer que tout roi de France qu'il fut, Charles X s'est fait gentiment détrôner par la rue en 1830. Onction populaire ou onction divine, en tout état de cause, le résultat est le même.

Sur quoi les légitimistes assènent l'argument qui tue : nous vous rappelons, chers cousins, que le père de Louis-Philippe, Philippe Égalité (pourquoi pas François Parité ou Charles Inclusion tant qu'on y est ?), a voté tranquillou en 1793 la mort de Louis XVI, qu'il avait pourtant choisi pour parrain de son fils, Marie-Antoinette étant commère. En matière de pedigree, on fait mieux. Allez, ouste, engeance de régicides !

Pour être complet et ne mécontenter personne, un mot des napoléonides, dont le concept tient dans la marque : un troisième empire, un cinquième napoléon, si l'on considère le quatrième, mort sous les sagaies des zoulous, au service de sa majesté Victoria.

Mais force est de constater que le napoléonide moyen tire largement la couverture révolutionnaire à lui, drapeau tricolore au vent et *Marseillaise* à tue-tête, ce qui pose question au restaurateur que je suis. Nous aurons l'occasion d'y revenir.

Au terme de ce tour d'horizon, on le voit, pas simple de mettre tout le monde autour de la table. La solution ne serait-elle pas de la renverser, histoire de faire du passé table rase, et de repartir sur de nouvelles bases, aussi communard que cela sonne ?

Car tout bien considéré, Mérovingiens, Carolingiens, Capétiens et Napoléonides ayant tous pris une place vacante, pourquoi pas une nouvelle lignée ? Ç'aurait la vertu de trancher le nœud gordien. Avec deux risques, il est vrai : le déficit de légitimité à combler et le risque de coaliser contre soi les opposants d'hier.

Alors que faire ? En procédant par élimination, je décide que le mieux est encore de me fier à la Providence. D'autres royalistes s'en sont réclamés avant moi, à tel point qu'ils se sont eux-mêmes nommés providentialistes.

Eux, c'est simple : face au bal des prétendants, s'en remettre à la grâce divine pour nous sortir du chapeau un roi qui mettra tout le monde d'accord. D'une ancienne dynastie, d'une nouvelle, qu'importe, Dieu y pourvoira au mieux des intérêts de la France. Ramassé en une formule : un roi ne se décrète pas : il se sécrète.

Séduisante, cette option porte toutefois à l'attentisme. Parce que les premiers providentialistes, ça fera tantôt 200 ans qu'ils rongent leur frein. La patience n'étant pas mon fort, je décide d'opter pour un providentialisme actif, qui pourrait tout aussi bien prendre le nom d'opportunisme.

Mais que les choses soient claires, car je vous vois venir : non, je ne pense pas le matin en me rasant à fonder la dynastie panachienne, même si le nom sonne bien. La chevalerie est un service, rien d'autre. Bon, la royauté aussi, alors ?

101

Bonne nouvelle : pour trancher avec l'aridité des bottins et la complexité des taxons royalistes subdivisés en règnes, embranchements, classes, ordres, familles, genres et espèces, le présent chapitre se passera sous les tropiques. Mettons dans l'océan Indien. À La Réunion, ça vous irait ?

Pourquoi La Réunion ? Car, *joyau de l'océan Indien, La Réunion est une île à la richesse inégalée, un monde aux multiples facettes qui surprend, enchante, captive, suscite l'admiration et séduit pour de bon tous ceux qui répondent à son invitation.* Atouts résumés ainsi par le Comité régional de Tourisme : *L'île intense.*

Suffisante, cette raison n'est pas unique. Il s'agit quand même de s'en rapporter à notre histoire, faute de quoi vous croiriez que je choisis mes destinations en fonction de l'aménité du climat et du décalage horaire.

En l'occurrence, pas du tout : si la Providence m'appelle à La Réunion, c'est que j'ai sifflé un Bourbon pointu ce matin et me suis décidé à chercher l'origine de cette appellation. Après investigations, je suis en mesure de vous livrer mes conclusions : Bourbon comme l'île éponyme, ainsi qu'on appela jusqu'en 1848 La Réunion, où notre variété de café fut décrite dès 1711. Pointu par la forme allongée de ses fruits. Mais ça, peu nous chaut.

J'apprends en outre que notre café grand cru, cultivé sur les versants du Piton des Neiges, récolté à la main et torréfié à l'ancienne, révèle des arômes de litchi, des notes d'orchidées et des saveurs d'agrumes, exprimant toute la subtilité de l'âme créole. C'est en tout cas l'avis du Comité régional de Tourisme.

Je découvre enfin qu'on l'a cru disparu pendant toute la seconde moitié du vingtième siècle. Quelques plants retrouvés par bonheur ont permis d'en restaurer récemment la culture, faisant à nouveau raisonner le nom Bourbon dans les bars et brasseries de métropole. Une source d'inspiration pour ma propre quête.

Vous me direz, en tant que providentialiste, pourquoi courir en particulier après le toponyme Bourbon ? Et, puisqu'il m'intéresse tant, pourquoi ne pas cavaler jusqu'à Bourbon-l'Archambault, dans l'Allier, le Bourbonnais d'antan, berceau de la maison royale de France ?

Je vais répondre à ces objections, mais d'abord, cette incise, car je vous sens sensible aux étymologies espiègles : savez-vous que Bourbon vient de *bourbe*, cette boue épaisse qui croupit sous les eaux stagnantes, et qui a donné son nom à bien des villes thermales, telle la Bourboule ? Pareil patronyme vous attache à jamais à la glèbe de France, c'est le moins qu'on puisse dire !

S'agissant de vos observations sur la direction prise par ma quête, vous comprendrez que si la Providence m'indique à toute force les Mascareignes plutôt que le campingue deux étoiles de Bourbon-l'Archambault, elle a ses raisons qu'il ne me revient pas de discuter. Et qu'au reste, la suite de l'histoire ne lui a pas donné tort, comme nous l'allons vérifier.

En raison de contraintes budgétaires évidentes, j'ai laissé Jean-Mat' à Paris. Il a mal réagi : pour un trône à Versailleux au plein de la nuit, ça, on fait appel à moi ! Mais pour un roi à La Réunion, walou ! Je lui ai proposé d'enquêter de son côté à Bourbon-l'Archambault. Il n'a pas daigné répondre.

À la suite de Saint Louis faisant vœu de libérer le Saint-Sépulcre, je quitterai la doulce France par Aigues-Mortes, sur une nef médiévale que je prévois de louer sur place. Dans ma malle, une provende de hareng saur, une aiguade bien fraîche, une remonte de Bourbon pointu, une longue-vue, une sphère armillaire qui m'offrira, en m'en référant à l'astre solaire ou l'étoile polaire, de calculer mon cap, et me voilà parti pour la Camargue.

Il faut toujours s'intéresser à l'origine des noms : si Aigues-Mortes est ainsi nommé, c'est que l'eau vive n'y a plus cours. Impossible d'y trouver une nef. Un port moins encore. Bien sûr, je pourrais pousser jusqu'à Palavas-les-Flots, dont le nom se fait autrement rassurant, et trouver le navire qui me fera doubler Bonne Espérance. Mais je préfère écouter les mises en garde de la Providence : j'irai par voie d'air.

Premier clin d'œil divin : l'aéroport de la Réunion porte le nom de Roland Garros, pionnier de la chevalerie céleste, le premier à avoir traversé la Méditerranée en monoplan, entre la Côte d'Azur et la Tunisie. Sur les traces de Saint Louis, donc. Patronage inspirant.

Seconde œillade de la Providence, qui en viendrait à me faire du rentre-dedans : la route de Saint-Denis, dont le nom seul comble déjà un cœur royaliste, est jalonnée de palmiers royaux. La piste est chaude, il n'est que de la suivre.

Ma malle déposée à l'hôtel, je me fonds dans la population des bouis-bouis, c'est encore le meilleur moyen d'en retirer l'air de rien des renseignements utiles. Les services spéciaux procèdent ainsi en Syrie, au Mali et sur tous les théâtres de guerre à la mode.

Entre deux gorgeons de rhum arrangé, je tape le carton et la discute : l'hiver est très sec cette année, ça manque d'eau pour la canne. Et le volcan, il fait encore des siennes ? Z'auriez pas entendu parler d'un prétendant au trône de France dans le coin ? Et les enfants ça va ?

Ça pour être sec, c'est sec. La coulée de lave a coupé la route du littoral. Un prétendant au trône de France ? Faut arrêter le rhum vous zot' ! Les enfants vont bien, ils sont en métropole maintenant, on aimerait plus de nouvelles.

Personne de personne ne sachant rien sur rien, j'affiche des avis de recherche dans les principaux centres névralgiques de l'île : la boulangerie Perlin Pain Pain à Saint-Denis, la boîte de nuit l'Eskobar, du côté de Saint-Gilles, le restaurant l'Entre-potes à Saint-Pierre… Ceci fait, je file à la pêche en attendant que ça veuille bien mordre.

Ça ne mord pas de huit jours. Je m'en remets alors à la Providence, qui ne tarde pas à me répondre sous la forme d'une carte de visite glissée sous la porte de ma chambre d'hôtel :

Professeur Omar-Camel Sylla

Membre de l'Ordre des Marabouts d'Afrique
Mondialement connu dans le quartier.

Retour de l'être cher : il va courir derrière vous comme
un toutou derrière son maître.
Renfort sexuel, virus informatique, succès aux examens,
désenvoûtement, panne de voiture, cancer, recherche
d'emploi et tout ce que vous voudrez.

Résultats définitifs et garantis en 24 heures.
Par télépathie dans le monde entier.

Ici, je dois confesser sans délai une tare : je suis de ces indécrottables béotiens franchouillards pour lesquels, même rendus au premier quart du XXIe siècle, Omar évoque davantage un crustacé mal orthographié et Camel une marque de cigarettes que des prénoms. Mais le *Professeur* accolé au prénom composé et le sérieux des références finissent de me convaincre.

Certes, il n'est pas question sur le bristol du Professeur Sylla d'un don ou d'un diplôme ès restauration monarchique. Mais on ne peut tout écrire sur une carte de visite, et ce petit *et tout ce que vous voudrez* conclusif d'une liste déjà bien fournie de talents est lourd de promesses.

Toujours est-il que le Professeur constitue ma piste la plus sérieuse. Par-dessus le marché, si la recherche d'un roi outrepasse l'art du marabout, je pourrai toujours lui soumettre le cas de Guerlaine, pour laquelle j'avoue un faible, et que je verrai d'un bon œil courir derrière moi tel un toutou derrière son maître.

Omar-Camel Sylla professe allée de la Couronne, sur les hauteurs de Saint-Denis. Sa fille répond au coup de heurtoir, car le Professeur est présentement en conversation avec les esprits. Mais elle va lui demander d'abréger.

Deux heures, c'est ce qu'il lui faut pour me présenter une haleine que je dirais de bière. Il prend vite la mesure de ma requête, dont la satisfaction lui apparaît conditionnée à un règlement préalable en espèces. On ne peut pas le dire abordable, mais que voulez-vous mon bon monsieur, un roi dans la nature, c'est plus cher qu'une compagne volage, la qualité se paye.

Le temps de le dire, le Professeur Sylla contacte les esprits. Ça dure cinq bonnes minutes, durant lesquelles sa respiration s'approfondit en une sorte de ronflement. Puis son coude cède, laissant sa tête sans appui, et ses yeux tressautent à faire peur.

Les nouvelles des esprits sont mitigées : oui, l'Élu est venu au monde et se forme en secret dans l'idée d'affronter un jour les forces maléfiques. Mais non, son heure n'a pas encore sonné, il faudra attendre que la situation devienne vraiment critique.

Cette histoire ressemble à s'y méprendre au film diffusé hier soir sur la première chaîne. Je juge en outre bon de préciser au Professeur Sylla que je ne veux pas d'un chef d'État élu par le peuple, mais bien choisi par la Providence. Un roi quoi, avec tout ce que ça implique. Le Professeur se veut rassurant : l'Élu dont il parle n'a jamais affronté l'épreuve du suffrage censitaire ou universel, direct comme indirect, uninominal ou plurinominal, à un comme à deux tours, proportionnel, à la majorité simple ou qualifiée.

Par ailleurs, les esprits sont catégoriques : on pourrait ou non trouver l'Élu sur l'île, mais s'il est quelque part, c'est du côté de la Brasserie de Bourbon, ça tombe bien, elle est à un jet de pierre, j'irai jusqu'à vous y accompagner, la saison est vraiment trop sèche, la gorge aussi, onze heures du matin, l'*happy hour* débute tout juste : c'est deux euros la pinte de dodo.

Le dodo, oiseau endémique aux Mascareignes qui, ne sachant voler, a mal vécu la colonisation humaine. Écrivons qu'il n'y a pas survécu, c'est plus proche de la réalité. Pour se faire pardonner, l'homme lui a donné le nom d'une bière, gage d'immortalité. Après l'avoir dévoré en grillade jusqu'au dernier, il le descend cul sec.

Ce matin, le professeur souhaite m'associer à cet hommage animalier, ce qui est louable. N'ayant pas prévu de consommer, il est sans argent, mais me remboursera tout à l'heure. Idem pour les pourboires que je voudrai bien offrir au tenancier. Royal au bar, ce professeur ! Dieu que c'est appréciable, cette confiance entre un marabout et son patient.

Et là, c'est le trou noir. Impossible d'établir un continuum entre cette treizième pinte et l'énorme dodo dont j'émerge sous une table à la nuit, moustache embiérée. Le comptoir est désert. Si un prétendant à la couronne de France est passé par là, je l'ignore.

109

Pour l'heure, traiter les problèmes comme ils se présentent. D'abord, dissoudre trois grammes de paracétamol dans trois litres d'eau. Les boire. Toucher en même temps mon genou avec mon coude et mon nez avec mon pouce, tout cela sans perte d'équilibre.

C'est dans cette position que j'aperçois le prospectus : le roi Martin sera brûlé vif en place de grève, dans la bonne ville de Saint-Denis, ce mardi à 20 heures, en l'an de grâce 2024. Je sors, lève le nez aux étoiles : la Croix du Sud est formelle : Martin a dix minutes à vivre !

Je cavale, je cravache, mais sans monture, on va moins vite moins loin. Surtout quand on part dans la mauvaise direction.

Trop tard ! Martin n'est plus que cendre lorsque j'atteins le bûcher. Les Français ne respectent décidément rien : après le roi raccourci, le roi rôti. Je voudrais soustraire quelque morceau au feu, mais la virulence des flammes me convainc de battre en retraite. Panache à part, s'immoler avec mon roi ne m'avancerait à rien.

Une foule de sans-culottes animés d'un rire triste se livre à un séga frénétique autour du cadavre encore chaud. Le rhum coule à flot continu d'un tonneau en perce. Des créoles cuivrées se déhanchent pour séduire le *pied de riz* qui les nourrira aussi longtemps que durera la passion. Demain, elles passeront une robe blanche pour la messe du mercredi des Cendres.

Car c'est aujourd'hui mardi gras, bouquet final du carnaval, à ce que m'apprend la télévision de l'hôtel. En butte aux remords, je tourne dans mon lit. Dieu que je m'en veux d'avoir raté la restauration pour une pinte de trop. Mais si la Providence a voulu que le roi Martin périsse par le feu, c'est qu'un autre est appelé à régner.

Grande nouvelle ce matin : le Professeur Sylla l'a trouvé ! Vous m'êtes sympathique, m'a-t-il dit, aussi puis-je vous le faire rencontrer. Il faudra juste régler au préalable en espèces, ça placera les esprits dans les meilleures dispositions.

Le futur roi habite Mafate, cirque reculé au pied du piton des Neiges. L'accès se fait en 4x4 par le lit de la rivière des Galets. Ensuite on n'a plus que ses pieds pour pleurer. Le professeur a renoncé à m'accompagner : il doit voir d'urgence un patient à la brasserie.

Illustre est le facteur de Mafate, apportant chaque jour le courrier aux hameaux isolés. Atolls émergeant d'une mer minérale, ils prennent ici le nom d'îlets. Je ne suis pas facteur, et il me faut trois jours pour rallier celui désigné par le professeur. Mais sautons tout droit à la case de mon prétendant. Pas de doute, ce gourbi coiffé de taules rouges et flanqué d'un groupe électrogène qui réchauffe une poule est celui décrit par Omar-Camel. Reste à m'assurer que son occupant est bien le prétendant désigné par une confidence de la Providence.

Je le dérange à l'heure du boire, qu'il meuble d'un rhum arrangé ou d'une bière Dodo ou de vin de Cilaos, difficile à dire car les trois bouteilles sont ouvertes devant lui. Avec une affabilité fatiguée, il m'invite à le rejoindre à l'ombre de la varangue.

Son ami le professeur Sylla lui ayant prophétisé ma venue, il a sorti de son écrin la couronne du sacre, dont l'éclat s'est adouci d'une couche de patine, à moins qu'il faille parler ici de crasse. Un petit

112

lustrage à la peau de chamois et elle aura tout d'un sou neuf.

En revanche, le port de notre prétendant n'est pas absolument royal et ses pieds trempent dans un seau. La goutte, m'explique-t-il, qui se met dans les articulations, notamment celle du gros orteil. Il se soulage à l'eau froide et au gros sel.

Dans ma tête, je fais le parallèle avec la fistule du Roi-Soleil. On ne se situe pas là dans la même zone, j'ai quelques notions d'anatomie, merci, mais je sais surtout que les monarques ont tous leurs petits tracas et que, bien exploités, ils participent de leur grandeur. Frein à mon enthousiasme : mon prétendant a perdu tout usage de ses jambes. Et vu sa masse corporelle, je serais bien incapable de le porter jusqu'au 4x4 et, au-delà, d'aller le faire sacrer à Reims.

Certes, il y a des précédents : trop impotent pour s'allonger devant l'autel de la cathédrale champenoise et surtout s'en relever, Louis XVIII s'épargna la cérémonie du sacre. Mais notre actuel prétendant n'a pas quarante rois derrière lui. Commence-t-on une dynastie de la sorte ?

N'importe comment, il n'a aucune intention de se faire hélitreuiller jusqu'au trône, et entend diriger le royaume de sa case. Il en profite pour poser ses conditions financières. La royauté est un service, très bien, mais rémunéré, tout travail mérite salaire mon bon monsieur, on ne vit pas d'amour et de dodo.

Que lui répondre ? Dans le cas présent, pour être honnête, c'est au-delà de l'argent : l'allure et l'attitude de notre solliciteur me coupent toute envie de restauration. Il honore chaque verre d'un crachat libérateur, un claquement de langue en point d'orgue. Son discours sur le coût de la bière manque de hauteur de vue, et tout le reste à l'avenant. C'est mon humble opinion, que je ne résiste pas à vous partager, le choix d'un roi est trop crucial pour me taire.

Dans ces conditions, je lui fais sentir avec la subtilité qui me caractérise à quel point sa participation au royal projet m'apparaît superfétatoire. Face à mon embarras et fort d'une juste appréciation de lui-même, notre homme offre alors de me céder sa couronne à bon prix. Moyennant une petite rallonge, il renonce à ses droits au trône.

Peu au fait des valeurs de marché, nous prenons pour base de discussion le coût d'une couronne dentaire, soit l'équivalent d'une petite voiture. Ça tombe bien : le professeur m'avait susurré d'emporter autant d'espèces que possible dans cet îlet vierge de toute banque. Prévenance exquise qui m'autorise à payer comptant et m'en retourner couronne sous le bras, droits attenants en bandoulière.

Dans l'avion du retour, j'astique la couronne au rince-doigts citronné. Sous la patine du temps, une gravure : *MISTER BOURBON 2003.*

VIII. Château des Dauphins

Je suis toujours à la recherche du type qui voudra bien mettre la couronne sur sa tête et le trône sous ses fesses. Ma quête a rebondi peu avant ce début de chapitre, à la vue d'un exemplaire du *Dauphiné Libéré* abandonné sur le tapis à bagages de l'aéroport : puisque je cherche un dauphin, pourquoi ne pas chercher du côté du Dauphiné ?

L'inspiration est bonne, mais le Dauphiné embrassant grosso modo Drôme, Isère et Hautes-Alpes, ça demeure vaste. Par où commencer ? Une courte recherche sur cette bonne province m'apprend qu'il existe au cœur du Vercors un château des Dauphins.

Je passe tout cet avant-chapitre à m'informer sur la situation dudit château, la façon de s'y rendre et les perspectives de succès, parce qu'un Vincennes-Vercors en poney nain, faut prévoir deux semaines, donc border un peu les choses en amont, hors de question de faire chou blanc. D'autant que j'embarque Jean-Mat' dans l'aventure.

L'intrigue est soudain sujette à une brutale accélération puisque, deux semaines plus tard, par la diligence d'un mode de transport plus doux pour l'environnement que pour le fondement, à savoir le poney, nous nous réveillons au pied du massif précité.

115

On ne parlera pas ici de matin triomphant : j'émerge sur le coup de 15h d'un rêve inconfessable, interrompu par une léchouille pestilentielle. Bidet a une haleine de poney aujourd'hui. L'origine en serait gastrique. C'est ça aussi de manger de la moquette. Je ne suis pas mécontent d'avoir campé dans un pré parsemé de menthe sauvage.

Jean-Mat' s'est isolé. Il a porté dans un sac à djembé le trône relevé place de la Nation, en vue de se soulager les jambes ainsi qu'intransitivement. Et j'ai pu découvrir, sous la carapace du carabin, une âme sensible à étaler du papier sur le pourtour de la cuvette.

À part ça, il est trop évidemment fâché d'être ici, comme il le fut naguère de ne pas être là-bas, du côté de La Réunion. Jamais satisfait, donc. Tout est prétexte à la plainte : le fait qu'il aille à pied depuis quinze jours (quand ce n'est que la condition d'écuyer) ; l'absence de réseau ; l'exiguïté de la tente, qui plus est avec un poney surnuméraire ; l'haleine de Bidet — sur ce coup, je lui donne raison.

À la décharge de mon écuyer, j'ai commis dans notre marche d'approche une petite erreur tactique, si ce n'est stratégique : le versant oriental du Vercors, au pied duquel nous avons planté la tente, présente un à-pic de plus ou moins un kilomètre de haut, sur cinquante de large. Pour un chamois, c'est déjà chaud. Alors un poney… Par bonheur, le centre de gravité du mien rase les pâquerettes, ce qui devrait aider.

Ça ne rattrape pas tout, et je bas ma coulpe : il eût été si aisé d'aborder le château par la superbe départementale en faux plat montant qui serpente sur le plateau à l'ouest, fraîchement recouverte d'un enrobé à froid. Le mal étant fait, tâchons toutefois d'en tirer quelque chose.

Tente pliée, moustache lissée, panache dressé : je déclare la chasse au dauphin ouverte. Juste le temps de régler ce problème d'haleine chez Bidet, dont l'estomac refoule sans mollir des fragrances de cloaque. La menthe sauvage n'y suffisant pas, je tente l'eau de Cologne. Mais à un moment, il faut y aller.

À vol d'oiseau, la distance n'est pas énorme, sauf que je touche ici du doigt combien un poney n'est pas un aigle. Les chemins de chèvre en épingles sont étroits autant qu'abrupts, chaque pas déclenchant une avalanche de pierres. J'ai tôt fait de m'en remettre à la Providence.

Elle se manifeste par l'entremise d'un berger qui connaît le coin comme le fond de son nez, l'unique brèche dans la muraille, le seul passage où la mort n'est pas garantie. Il déplie une carte et marque d'une croix les trois obstacles à franchir pour atteindre le Château des Dauphins.

Tout d'abord, il faut traverser le roncier géant. Puis franchir le ravin sans fond. Passer enfin le pont-levis en dominos — j'imagine ta curiosité éveillée, lecteur, mais je n'en dirai pas davantage sur la localisation de ces embûches, j'aurais trop peur de retrouver ton corps au fond du ravin sans fond (paradoxe à part).

Allons-y tout de go, et retrouvons-nous arrêtés par le roncier géant. Jean-Mat' regrette de n'avoir pas porté un bidon de glyphosate. Je le remets en place : pourfendre un roncier à l'herbicide, quelle vilité !

Tout écuyer se destinant par nature à la chevalerie, je saisis cette occasion offerte par l'école de la vie pour parfaire la formation de Jean-Mat'. Je dis parfaire, mais faire serait déjà un beau progrès, du moins le début de quelque chose. Ma leçon de choses tient dans une question :

— Peux-tu regarder ce qu'il y a dans mon sac à dos ?

Mon écuyer en extrait un à un des objets à l'utilité subordonnée au contexte : peigne, réveil-matin, tournevis, pièce d'un euro, combinaison de ski, faucille, sablier, corde, lampe de poche, eau de Cologne, parapluie.

— À ton avis, Jean-Mat', quel objet doit-on utiliser pour traverser le roncier géant ?

— Le peigne ?

En dépit de la conjoncture, mon écuyer ne garde pas son humour dans sa poche. À cette petite provocation, comme tout parent ou professeur digne de ce nom, je réponds patience et pédagogie :

— Non, ce n'est pas le peigne. Essaye encore : quel objet doit-on utiliser pour traverser le roncier géant ?

— La faucille. Voilà, t'es content, je l'ai dit.

On l'entend encore ronchonner que ça commence à bien faire ces questions débiles, qu'on n'est pas dans un dessin animé américain à visée éducative avec apprentissage par la répétition. J'estime nécessaire de casser cette spirale de mauvais esprit par la valorisation de ses efforts :

— C'est gagné ! Tu as trouvé l'objet que l'on doit utiliser pour traverser le roncier géant !

J'ajoute un petit couplet sur le bon chevalier qu'on reconnaît aux bons outils, à l'instar de l'artisan. Et je m'attaque au roncier, sur lequel je ne m'étends pas car, et d'une, ça relève plutôt du débroussaillage un peu costaud que de la chevalerie, et de deux, c'est plein d'épines cette saloperie-là.

Résultat : mes avant-bras en sang rappellent ceux d'un boucher ou d'une matrone, assez loin du cliché du prince charmant taillant à l'épée le roncier qui le sépare de sa Belle au Bois Dormant. C'est tant mieux : ma princesse ne souffrira de ma part un baiser non consenti, ni ne me soufflera son haleine centenaire dans le nez. Passons.

Nous cheminons maintenant vers le ravin sans fond. À l'imitation de La Belle au bois Dormant, Bidet a toujours l'haleine chargée comme un baudet. Son trône sur les épaules, Jean-Mat' ferme la marche. Le relief alterne crêts et creux. Mon poney fait des pauses sans nombre pour bâfrer une airelle, un asphodèle, une prêle, et toute forme comestible du vivant. Il en a le râtelier comble. Mieux vaut l'avoir en photo qu'à table.

Des rochers gros comme des petites planètes s'écrasent de loin en loin à nos orteils, et nous y laissons le cas échéant une phalange. Un raidillon sinueux débouche enfin sur un promontoire piqué d'un panneau décrétant la qualité du point de vue, et semé de jumelles à un euro la minute ratifiant que ça vaut le détour. J'enfile ma pièce dans la fente pensée à cet effet, et me plonge dans la contemplation de la gorge en contrebas. On n'en voit pas le terme. Ça sent son ravin sans fond.

Une arche de pierre aussi longue qu'étroite l'enjambe, poutre de gymnaste au-dessus d'un abîme insondable d'où l'écho d'aucune chute n'est jamais remonté, typique de ces histoires où le chevalier armé de son seul courage doit en passer par mille escarpements pour occire un dragon un brin éruptif qui lui rend dix tonnes, mais auquel il manquera toujours la plus grande force de l'univers : l'amour.

C'est ici que Bidet jette à la face du lecteur un talent jusqu'à présent enfoui de fildefériste. Il progresse à la vitesse d'un qui marche sur le feu, l'allure à peine troublée par un écart qui l'entraîne dans un numéro mêlant le répertoire du clown au maintien de l'alcoolique, chaque pas rattrapant le précédent à un doigt de la chute, dans un miracle sans cesse renouvelé, jusqu'à ce tour complet autour de l'arche qui lui donne l'élan nécessaire à la réalisation d'un flip-flap, continué par une double lutz, complété d'un triple axel, clos par un saut périlleux arrière, et l'adjectif périlleux n'a jamais été moins galvaudé.

Pour bien mesurer la prouesse, je rappelle que Bidet nous a gratifiés de ces figures avec votre serviteur sur le dos. Performance qui satisfait aux plus hautes exigences en matière de spectacle vivant, et serait donc éligible à subventions.

On ne dirait pas comme ça, mais ce passage à la ligne représente deux heures de temps. Deux heures que Bidet et moi regardons Jean-Mat' sonder le gouffre, et son esprit gamberger par là où le corps souple et explosif de Bidet a gambadé.

La peur se pare chez le patron d'atours protéiformes : chair de poule, cris, appels répétés à celle qui l'a mis au monde, paralysie, pleurs, blancheur de bidet, tremblements et, en définitive, longues stations assises sur le trône.

On est loin de la tyrolienne de Notre-Dame, et je constate qu'en conditions réelles, sans baudrier, casque, mousqueton, poulie et tout le tintouin, Jean-Mat' fait moins le malin. Question de perception du danger : le patron ne se jette à corps perdu que dans les combats gagnés d'avance. Dès que ça demande une plume de panache, y'a plus personne.

Au bout de deux heures, mesquinerie géniale, l'idée me vient de mettre Fanny en jeu. Je donne dix tours de sablier au patron pour traverser, pas un de plus. Ultimatum qui lui met un coup de pied où je pense, et il s'élance.

Il s'élance, le mot est fort : il avance serait plus juste. À vitesse réelle, ça donne l'impression qu'il ne bouge pas, mais un repère nous apprendrait que si, il se meut, laissant derrière lui des traces évoquant de la bave d'escargot, mais qui s'avèrent être de sueur.

Le sable a coulé de ce côté du pont. Jean-Mat' n'a pas fait un mètre. J'envoie mon destrier à son secours.

Toujours aussi spectaculaire, Bidet, et cette fois je fais le lien entre son pas d'ivrogne et la rasade d'eau de Cologne que j'ai versé tout à l'heure sur son souffle épique.

Il dépose une masse informe à mes pieds. Je cherche par quel bout la prendre et, l'ayant trouvé, présente mon postérieur à la lèvre tremblante du patron.

— Jamais je ne baiserai Fanny ! m'oppose-t-il, tout en aigreur : tu m'entends, jamais !

Tant d'orgueil mal placé me rassure tout à fait sur son état. Mais envoyer ainsi Fanny promener après s'être tant servi d'elle, je saurai m'en souvenir.

Le pont-levis en dominos est d'une largeur inédite dans l'histoire des ponts-levis, et même des ponts tout court : si ça lui chantait, un A380 y ferait un créneau à sa guise. On ne voit pas bien la difficulté avec cet obstacle. Après le roncier géant et le ravin sans fond, il n'est plus que de rejoindre gentiment le château des Dauphins par cet ouvrage d'art rassérénant.

Du moins le croyais-je car, sitôt que Jean-Mat' prend pied sur une planche, celle-ci se révèle moisie comme un roquefort, si bien que l'essentiel de mon écuyer passe au travers, à l'exclusion des cheveux par lesquels Bidet le rattrape avec les dents. Réflexe guidé par la faim, bienvenue en la circonstance, mais qui n'est pas pour résoudre ses soucis digestifs.

Revenu parmi nous, ce cul-cousu de Jean-Mat' me livre son souhait d'en finir avec les conneries. Je lui offre de retourner sur ses pas, via le ravin sans fond, occasion qu'il ne saisit pas, et nous envisageons la façon de franchir le pont-levis en dominos. Après analyse, il n'en est qu'une : courir plus vite que les planches ne se désagrègent.

À ce petit jeu, Bidet serait trop lent, tributaire de ses pattes courtaudes. Je le charge en conséquence sur mes épaules, tel le bon berger sa brebis retrouvée, et traverse à toute blinde le pont, dont les planches se pulvérisent à mesure que je les foule, donnant une impression visuelle qui justifie a posteriori ce nom de dominos, force m'est de l'admettre.

Jean-Mat' est resté de l'autre côté, paniqué par la tournure des événements. Et moi de lui jeter :

123

— A-t-on avis, quel objet doit-on maintenant utiliser pour traverser le pont-levis en dominos ?

Question qui amène de sa part une réponse fort disgracieuse, où il est question de quelque objet que quelqu'un pourrait se mettre quelque part, si bien que je n'insiste pas, et lui lance la corde.

Jean-Mat' l'arrime à un rocher, en teste la résistance et, les yeux fermés, entame sa progression au-dessus du vide. Encore un peu de patience et nous le retrouverons de l'autre côté, mais je saute délibérément ce passage pour garder le rythme et, avec ton aval, lecteur, considère la traversée effectuée. L'heure est donc aux réjouissances collégiales :

— On a coupé le roncier géant à la faucille ! Grâce à Bidet, on a franchi le ravin sans fond ! On a traversé le pont-levis en dominos ! C'est gagné ! Dis-moi, Jean-Mat', qu'as-tu préféré dans nos aventures ?

Face à nous, une bande d'asphalte impeccable, aux courbes régulières et au dénivelé léger, sans l'ombre d'un coussin berlinois ni la lumière d'un radar. Tellement moins enchanteresse que nos chemins de traverse ! À mon étonnement, Jean-Mat' ne me remercie pas pour l'itinéraire bis, et c'est une litote. Celui-là, dès qu'on l'arrache à ses chaussons…

Construit sur un éperon tourmenté, le château des Dauphins. Ou ce qu'il en reste : un mur rappelant celui des Lamentations et, à proximité, une embrasure de fenêtre posée-là comme une œuvre d'art contemporain dans un jardin à la française.

En moi, le propriétaire de vieilles pierres s'offusque :
si on avait refait la couverture à temps, l'ensemble se
serait trouvé hors d'eau, on aurait divisé par dix le
budget travaux. Enfin, c'est fait c'est fait, allons de
l'avant.

Après tant d'épreuves, je m'attends à être accueilli
par le souffle enflammé d'une tarasque ou d'une
guivre, auquel j'escompte bien opposer l'haleine de
Bidet, lourde comme un âne mort. Mais le réel, plus
chiche en émotions et plus riche en qualificatifs
redoublés du type plan-plan, cul-cul, terre à terre, me
saisit par la manche.

Le réel en question prend les traits de Jean-Claude. Un bon bougre de Belge qui a planté là sa tente bleu poubelle, un de ces petits igloos qui se déplient en un instant et se replient en une éternité. C'est la résidence estivale qu'il s'est choisie, pour lui et sa chienne, qui porte nom Fabiola.

Fabiola, hommage à cette reine de Belgique morte en odeur de sainteté. Un beau nom de baptême, même si on peut défendre l'idée que les animaux ne devraient pas porter des prénoms humains, mais j'arrête net ce développement, le spécisme me guette et, au-delà, l'escouade antispéciste.

Suis-je le seul à percevoir qu'on nage en plein providentialisme ? Jean-Claude est pour sûr le dauphin espéré !

Seul un détail me chiffonne : sans m'expliquer pourquoi, je ne le sens pas tellement, ce nom de règne : Jean-Claude Ier. Un royal prénom doit claquer comme un coup de fusil. Louis, c'est un coup de poing. Jean-Claude Ier, ça fait tout de suite quatre syllabes, cinq en prononçant l'*e* de Claude. Ça vous laisse la langue amorphe, la lèvre apathique et les zygomatiques en carafe. D'un autre côté, rien ne prédestinait Louis, appellation d'origine germanique contrôlée, à s'imposer depuis Louis le Pieux à près de vingt reprises de ce côté-ci du Rhin. Et encore, sans compter les Clovis, Clodomir et autres Clotaire qui partagent la même racine francique.

Mais Jean-Claude, quand même, faut pas pousser ! Populaire, plus encore que Guy et Gérard, et pas au meilleur sens de l'adjectif! Jean tout seul pourrait passer. Ou plutôt Jean III, pour poursuivre la série en cours. Claude irait bien aussi, et aurait l'avantage du prénom épicène, mixte si vous préférez, permettant de rallier à mon projet monarchique les tenants d'une désexualisation de la langue. Il rappellerait en sus Claude de France, fille de Louis XII et Anne de Bretagne, prime épouse de François Ier et mère d'Henri II, soit fille, femme et mère de roi. En voici une qui n'a pas compté pour des prunes.

(Entre parenthèses, tout protecteur des arts et des lettres qu'il fut, François Ier reste quand même très surcoté pour un type qui s'est fait cueillir comme un perdreau de l'année sur le pré italien de Pavie, puis a livré ses fils à l'Espagne contre sa libération).

Autre possibilité, puisque je découvre Jean-Claude originaire de cette bonne ville de Bouillon : Godefroy. Godefroy, c'est le chef sans le dire de la première croisade, celui qui refusa le trône de roi de Jérusalem pour ne pas coiffer une couronne d'or là où le Christ en ceignit une d'épines. Avec lui, on allie le charme de l'ancien aux sonorités actuelles, le diminutif *God* parlant notamment aux anglophones du monde entier.

En me relisant, je crains de me fourvoyer, et vous avec moi : la question du nom de règne a beau nous occuper ici depuis plusieurs dizaines de lignes, elle demeure tout à fait secondaire, on pourra toujours improviser quelque chose de convenable le temps venu. La priorité reste de trouver le dauphin.

Jean-Claude en a bien vu un au Marineland d'Antibes. Il a même acheté un poster pour sa chambre, mais ça s'arrête là, il ne veut pas en entendre davantage et refuse de quitter ses feuillées pour le trône. À désespérer de la Providence.

Si le dauphin se débine, où va la restauration ? Je ne vais quand même pas devoir m'y coller ? Seule la vanité d'un Napoléon se couronne elle-même. Puisque je ne tiens pas à monter sur le trône, Jean-Claude me suggère une junte un peu virile, au motif que ça a fonctionné pendant des décennies en Birmanie. Au Cambodge aussi, quoiqu'avec quelques bémols.

À désespérer, vous dis-je.

Dès lors que Jean-Claude a repoussé le trône, je n'ai plus rien à faire ici. Nous rejoignons la route en contrebas, votre serviteur sur Bidet, Jean-Mat' qui suit au petit trot, tout heureux d'en avoir terminé avec ces reliefs compliqués.

Passe au-dessus de nos têtes un boomerang qui ne serait pas coudé. En tendant l'oreille, on peut entendre Jean-Claude intimer à Fabiola d'aller chercher. Celle-ci fait une volte et s'exécute. On connaît chiennes plus efficaces, car elle course les papillons, s'arrête pour renifler un terrier, se roule dans les herbes hautes. Ça y est, elle se rappelle ce qu'elle est venue faire dans le coin et repart, frétillante, sceptre en gueule.

Vous m'avez bien lu, *sceptre en gueule*, ni plus ni moins ! Alors oui, un sceptre aux canons canins, qui fait pouic-pouic quand on le mâchouille et reprend au repos sa forme d'humérus. Mais avec sa pigmentation vieil or, collez le dans une royale mimine et vous avez un sceptre.

Il ne manquerait plus que la Providence nous gratifie d'un orbe, ce globe de commandement surmonté d'une croix, et la fête serait complète. Eh bien, je vous le donne en mille : l'orbe, Fabiola se fait les dents dessus ! Une sphère souple et solide à la fois. Parfaite pour la tonicité gingivale, moins pour l'hygiène buccale. Mais tout bien considéré, ça nous fait une chienne à l'haleine vive et aux dents soyeuses, dont la santé éclate de la truffe à la queue.

Ce globe est également vieil or (sans doute un lot avec le sceptre). La bave de Fabiola y a tracé sans dessein une carte de géographie qui a tout de notre bonne vieille France, des éclats dans la dorure dessinant les provinces historiques, tel le comté de la Marche cher à mon cœur.

Ma joie est à son comble, quand je comprends qu'il faut la rehausser d'un étage encore : Jean-Claude vient de se gratter le dos avec une baguette de coudrier terminée par une petite main d'ivoire. Je me réjouis pour notre ami belge, c'est entendu, on a tous déjà ressenti des gratouillis entre les omoplates, l'apaisement est en règle générale à la mesure du désagrément.

Mais ma félicité a surtout partie liée avec l'instrument du grattage : une main de justice, à n'en pas douter. J'en ai vu une dans un *Que sais-je ?* sur les mains (ou peut-être sur la justice). D'après mes lectures, elle symbolise la fonction de juge dévolue au roi, fonction qui puise ses origines dans l'Ancien Testament, en particulier dans la figure de Salomon, au jugement célèbre entre tous.

Car la justice est à la fois une vertu cardinale et la prérogative royale par excellence. Au cours de l'Histoire, les monarques l'ont exercée partout, à la fraîche sous la ramure d'un chêne, un tapis sous les fesses pour ne pas salir leur fond de culotte, ou dans le cadre d'un lit de justice, c'est encore là qu'on est le mieux.

Sceptre, orbe et main de justice : j'ai glané sans les avoir cherchés tous les insignes royaux ! Avec sa vision étriquée des choses, Jean-Claude a du mal à comprendre qu'il a pour seul choix de me les céder.

Fabiola aussi, mais elle a des excuses, tout est plus affectif chez elle. En fin de compte, il faut menacer Fabiola d'éventration à la faucille avant que Jean-Claude plie, non sans proférer des lieux communs insultants pour l'hospitalité française.

Après coup, je peux vous le dire : je suis soulagé que notre ami belge n'ait pas accepté le trône, la marche était trop haute, on courrait à la catastrophe. Parce que si c'est pour restaurer un tocard, après on est tricard pour deux siècles.

De son côté, Jean-Mat' est déçu des fruits du périple, et ne se prive pas pour le dire. S'affronter au roncier géant, au ravin sans fond et au pont en dominos pour en rapporter quoi ? Une baballe, un os à ronger et un gratte-dos ? Le patron manque définitivement de vision.

Je suis ravi comme Jean-Mat' est navré. Et escompte bien qu'après cette quête digne de celle du Graal, un rond de serviette me sera concédé à la Table Ronde.

IX. Amour courtois

Un chevalier qui souhaite cocher toutes les cases doit convoiter une dame de cœur, si possible sensible à sa bravoure mais inaccessible à son amour, ça vous le garde en tension, ledit chevalier. Un amour d'âme, donc, à défaut d'être de chair. Et propre à le soutenir dans ses nobles actions.

Tu l'as compris, lecteur moyen (et ce lecteur c'est toi, lectrice, qui pèse 70% du marché du roman) : nous sommes rendus au passage romantique de ces mémoires.

En ce temps-là, je suis encore puceau de la langue, des lèvres, et on pourrait même remonter jusqu'aux joues (j'ai eu ma chance, faut pas croire, mais je suis très exigeant). Je fais donc le tour des possibles : Guerlaine, Louboutine, Vuittonne.

Procédons par élimination. Vuittonne pour commencer. S'il faut souffrir pour être belle, elle a dû être épargnée. Et porte sa virginité comme un âne mort. De notable, ce nœud dans les cheveux, qui lui fait une tête d'œuf de Pâques. Sans ça, sympa. Pas assez pour faire oublier le reste.

Louboutine passe le plus clair de son temps habillée mais pas trop, savante alchimie de raccourcis saisissants (jupe qui tient du cache-sexe, corsage du cache-aréole) et d'extensions prodigieuses (cheveux, cils, ongles, seins et talons). Elle arbore en outre une douzaine de prénoms masculins tatoués sur le coccyx, qui laisse entrevoir un cœur expugnable. Et des lèvres siliconées. Elle s'en est expliqué l'autre jour pendant l'Heure Soup' : « J'aime les grosses lippes ! » (Ce à quoi Jean-Mat' a rétorqué : « Et moi les petites culottes. »)

J'ai par le passé tâché de lui partager ma vision de l'amour conjugal, allant jusqu'à citer Saint-Exupéry : « Tu sais, Louboutine, aimer, ce n'est pas se regarder l'un l'autre : c'est regarder ensemble dans la même direction. » « Non, merci, a-t-elle répondu : j'aime mieux faire ça en missionnaire. »

Vous l'avez compris, Louboutine gagnerait à ne conserver de ses prises de paroles que les plus pertinentes. Mais comme moi-même, je n'interviens pas toujours à bon escient, c'est un peu le maroilles qui dit à l'époisses : « Tu pues ! ».

Reste Guerlaine, les cheveux bruns rassemblés en chignon, dont une mèche plus courte s'échappe à tout coup. Des pommettes rondes et hautes. L'œil mouilloté derrière une monture noire qui assume sa myopie. Les narines frémissantes comme à l'approche d'un sanglot, et qu'elle essuie avec une constance légère. Les pieds légèrement en dedans, ce qui est malgré tout plus sensuel qu'en dehors. Dans l'ensemble, un beau petit lot.

Guerlaine est en outre la madame Bonheur de Biz&Buzz. Son premier acte de gouvernement fut de dédoubler les toilettes des dames, attendu qu'elles y passent deux fois plus de temps que les hommes. Mais ce n'est pas tout : les caresses aux gingkos bilobas des Buttes-Chaumont, c'est elle. Les cours de qi gong le long du canal Saint-Martin, encore elle. Les séances de rigologie, elle et re-elle.

Sinon, elle nous envoie à tout-va et à tout vent des émoticônes sourire banane, rire aux larmes, clin d'œil, cœur avec des bras, que des bonnes vibrations. Ça a l'air gentillet comme ça, mais selon une étude tout ce qu'il y a de plus scientifique, un collaborateur épanoui est deux fois moins malade, six fois moins absent et neuf fois plus loyal qu'un salarié aigri.

Alors oui, il se dit qu'entre Guerlaine et Jean-Mat', ça n'est pas que professionnel. C'est vrai qu'un poste de directrice du Bonheur, dans une boîte de huit personnes, ça ressemble à une façon de dire *merci*. Voire *je t'aime*. Racontars auxquels le patron a opposé ce cinglant démenti : depuis le recrutement de Guerlaine, la productivité de Biz&Buzz a bondi de 2,7%.

Peu importe ces ratios comptables, mon choix est fait : mon cœur est à Guerlaine. Et ce, même si j'aurais préféré une Bathilde, Bertrade ou Brunehaut, pour ne prendre que les prénoms en B.

Dans un proche passé, Guerlaine m'a envoyé six fois sur les roses, ce qui finit par piquer. Sachant qu'*à la septième fois, les murailles tombèrent*, je lui offre une ultime chance vendredi qui vient.

Vendredi, ça ne l'arrange pas : c'est le *Black Friday*, avec majuscules s'il-vous-plaît. Autant le *Black Tuesday* de 1929, avec la Grande Dépression des années 30 qui s'ensuivit, la montée des fascismes en Europe, la seconde Guerre mondiale et ses soixante millions de morts, demeure un souvenir mitigé. Autant le *Black Friday*, avec ses remises massives sur la high-tech sino-américaine ou la confection sud-est-asiatique, ça n'est que du plaisir. *Big up* pour le *Black Friday* !

Seule la suite nous révélera s'il s'agit pour Guerlaine d'un alibi fallacieux. Et la suite, la voici : je suis traversé d'une maîtresse idée : puisque ça n'est pas possible vendredi, si on reportait à samedi ?

Samedi, Guerlaine peut. Je vais enfin goûter à l'amour courtois ! Avec ses trésors de patience, sa débauche de continence ! Avec son lot d'aubades, ballades, sérénades et toute la queue des poèmes en *ade* !

Guerlaine tenant à recevoir, je sonne à l'heure dite et enchaîne sans préavis baisemain sur salut plongeon, avec comme première réaction chez ma dame un petit cri de douleur. Sur ce coup-là, je me surprends en mal : j'aurais dû ôter la rose entre mes dents, ça lui aurait épargné une entaille à la main. La prochaine fois (s'il en est une), je viendrai avec une pâquerette, ça sera plus prudent.

Ma dame m'accueille dans son séjour que réjouit un poêle à granulés, assise en tailleur devant un îlot central bas. Guerlaine, c'est l'artiste accomplie de la table : porte-couteaux en bois flotté, sous-verres en galets plats, ronds de serviette en raphia, salières en coquillages.

Dans les assiettes, des spécialités ethniques, ce qui ne signifie pas autre chose qu'exotiques, mais si ça peut faire plaisir à Guerlaine, on va dire ethniques. Il doit s'agir d'une ethnie maritime, car le dîner se compose en totalité d'algues : en entrée, un tartare de laitue de mer. Un tian de wakamé en plat. Autant manger madame Bonheur des yeux.

Si ses mots forment un bruit de fond informe, sa voix est envoûtante, échappée d'une bouche humide de sourires malgré elle jusqu'aux lobes, dévoilant des émaux délicats plantés dans des gencives roses de santé. Une impression globale de muqueuse embuée où la vie ne demande qu'à s'épanouir. L'amour, l'amour de chair et d'âme se tient devant moi ! Il n'est que de l'honorer !

Guerlaine interrompt mon extase :

— Tu reprendras bien du tartare de laitue de mer, Panache ?

Panache ! Elle m'a appelé Panache ! Si je n'étais posé sur mes fesses, ça m'aurait assis. Que de chemin parcouru ! Pour le dire en trois images : j'ai des étoiles dans les yeux, des papillons dans le ventre et des fourmis dans le slip. On peut même parler de crampes. À l'estomac. Parce qu'un tartare de laitue de mer, ce n'est pas, à proprement parler, roboratif.

Mais ce sont des nourritures autrement spirituelles que j'escompte ici. L'heure étant aux décisions énergiques, j'enfile les gants blancs que j'avais sous le coude — gants de vaisselle, mais les apparences sont sauves. Genou planté, je lance la parade amoureuse, m'accompagnant à la viole (ou au luth, je n'ai jamais bien su la différence).

Ballade à ma dame

Voici pour vous, Guerlaine,
Ces souliers féminins
Qu'on dit *à la poulaine*
Et ce chapeau hennin :
Atours de châtelaine
Lesquels je marchandai
Avec mon bas de laine
Au jour du *Black Friday.*

Belle, si m'adoubez
D'un œil jeté en coin
Aux beaux cils recourbés
Ou d'un souris de loin,
Moi, votre sigisbée,
Je saurai rester chaste :
Ce seul œil dérobé
Fera ma journée faste !

Pour sceller ce secret
Qui vous ferait déchoir,

Je me contenterai
De votre vieux mouchoir :
Oui, je l'ajouterai
À l'orgueilleux plumet
Que votre banneret
Arbore à son armet.

Car lorsque je harnache
Mon vaillant destrier,
Que j'y pose mes naches[8],
Chausse mes étriers,
Je ne suis plus Ganache,
Expert digital, mais
Le chevalier Panache,
Votre épée à jamais !

ENVOI

Princesse, m'engagez
Comme votre homme-lige :
Je suis votre obligé,
Puisque noblesse oblige !

— C'était quoi, ça ? interroge Guerlaine.
— Un poème.
— Et pourquoi ?
— Eh bien, je ne sais pas… pour vous séduire.
— Ah. Merci. Tous ces mots qui finissent pareil,
c'était très beau. Bon, faudra que je relise ça à tête

---

[8] Régionalisme lorrain et picard pour *fesses*, la langue française
manquant bigrement de rimes en *nache*.

reposée, vu que c'est quand même plus compliqué qu'un *J'aime lire* ton truc.

La directrice du Bonheur accepte de bon cœur les poulaines et le hennin. En revanche, s'agissant du mouchoir sale et du statut de dame de cœur, autant que je comprenne, c'est non. Pourquoi non ? Je dois dire que son explication est claire comme du jus de chique :

— Je suis sapiosexuelle.

— ?

— Je suis attirée par les gens brillants. C'est physique : l'intelligence m'excite. J'aime qu'on me caresse le cerveau ! Je suis plus Stephen Hawking que Brad Pitt ! Et, sans vouloir te vexer, tu ressembles plus à Brad Pitt qu'à Stephen Hawking.

Nous nous quittons ma foi en bons termes, mais j'avoue ne pas savoir à quoi m'en tenir. C'est toute la difficulté de l'amour chaste : le distinguer de l'amitié abstinente. Il faut lire entre les lignes, décrypter les seconds degrés, donner du sens aux silences. Pas simple, pas simple.

Par acquit de conscience, je grave pendant quelques jours les G de Guerlaine et Guy en miroir sur les chênes du parc de Vincennes, avec pour résultat un vague cœur, que j'associe sans trop d'états d'âme à une manifestation de la Providence. Mais ne serait-ce pas là compter les œufs dans le cul de la poule ?

X. Écuyer félon

— C'est quoi, ça ?

Jean-Mat' vient de me poser ce qu'on appelle une fausse question. Par courtoisie, je l'instruis :

— Un poème.

Vraie réponse qui ne le satisfait pas, signe que sa question était fausse :

— Je vois bien que c'est un poème !

Cette fois, je suis acculé : soit je reste sur le terrain de la poésie, et les choses risquent de s'envenimer, soit je réponds à la question qu'il ne m'a pas posée, et ça sera pire. Je choisis la première option :

— Une ballade, pour être précis.

— Je me fous que ce soit une ballade, un rondeau, un virelai ou un lied !

J'avais vu juste, ça s'envenime. En revanche, je ne pensais pas Jean-Mat' aussi calé en poésie médiévale, ce dont je le félicite, avant de tenter une nouvelle réponse dilatoire :

— Comme tout honnête chevalier, je rimaille à mes heures.

— Et tu peux me lire la première strophe de ta petite ballade, s'il-te-plaît ?

L'heure de la grande explication a sonné. Dans la nasse, je me racle les cordes vocales et attaque :

— Voici pour vous, Guerlaine, / Ces souliers féminins / Qu'on dit *à la poulaine* / Et ce chapeau hennin.

— Guerlaine ? Tiens, il me semble avoir déjà entendu ce prénom, mais où cela ?

— C'est pour la rime avec poulaine.

— Tu n'as pas pensé à Madeleine ? Ou Marjolaine ? C'est quand même plus courant, non ?

— Ça faisait un pied de trop, la métrique en aurait été affectée.

— Et Violaine ? Et Mylène ? Elles ont deux pieds, elles, comme Guerlaine... Ah, ça y est ! Ça me revient ! Guerlaine, c'est le nom de la directrice du Bonheur de Biz&Buzz !

Jean-Mat' s'avérant tendu comme une arbalète, je juge utile de vider la querelle. Un bon aveu vaut mieux qu'un long déni. Pas à court terme, bien sûr, mais je vois loin :

— Jean-Mat', je dois t'avouer un truc : j'ai demandé à Guerlaine d'être ma dame. Mais elle a dit non, donc ouf, tout va bien.

Cette fois, Jean-Mat' dégoupille, et me parle aussi vertement qu'ouvertement :

— Comment ça ouf, tout va bien ? Je t'embauche comme chevalier, je joue les écuyers de service, et pendant que j'ai le dos tourné, tu racoles mon bras droit !

— Je lui fais la cour. Mon contrat ne l'interdit pas. Et de toute façon, elle a décliné.

— Tu te crois où là ? Tu veux un droit de cuissage, c'est ça ? Quand je vois ces comportements d'Ancien Régime, je me dis qu'une petite guillotinade, ça n'aurait pas que du mauvais !

142

— Une guillotinade ? Entendre ça de la bouche de son écuyer, quelle ignominie !

— Je ne suis plus ton écuyer ! Terminé, cette histoire ! Et entre nous, je ferais un bien meilleur chevalier que toi !

Cette prétention me laisse sans voix. Nul besoin d'être psychologue pour y voir de la part du patron un mécanisme de défense. La détresse morale fait prononcer des paroles regrettables. Mais tout a une limite, et je décide de ne pas laisser ce propos impuni :

— T'as de la chance que je n'aie aucune repartie, sans quoi je te mouchais. Allez file !

Ici, le patron me répond en termes plus cavaliers que chevaleresques, confirmant mon sentiment qu'il n'est pas le moins du monde prêt pour l'adoubement. Je me refuse toutefois à les retenir contre lui, car il a beau être chiant comme la pluie et con comme la lune d'une connerie vaste comme l'océan, il est surtout triste comme les pierres, Jean-Mat'. On ne tire pas sur un corbillard.

Je vous dois maintenant une explication sur la genèse de cette altercation rare entre un chevalier et son écuyer. Le contexte d'abord : depuis une semaine, Guerlaine est en arrêt maladie. Une rhinopharyngite, c'est viral, pas bactérien, donc pas d'antibiotiques, donc huit jours de fièvre.

Or, en patron consciencieux, Jean-Mat' a cherché, sur le bureau de la directrice, le programme prévu pour assurer le bonheur hebdomadaire des employés de Biz&Buzz. Il en a profité pour glisser dans son tiroir un billet doux, alliant humour et amour, du genre *Je parie que tu es nue sous tes vêtements*, ou autre astuce préadolescente.

C'est là qu'il est tombé sur mon poème. Forcément, quand on compare la qualité de sa production à mes huitains d'hexasyllabes aux rimes croisées et ciselées, ça froisse. Vexé, le patron a voulu demander des comptes à sa favorite, alors même que j'occupais les sanitaires mitoyens (la prostate, toujours la prostate).

Des toilettes, Jean-Mat' somme donc Guerlaine d'expliquer la présence de ce poème ressemblant à s'y méprendre à une déclaration d'amour, même si le style est plus hermétique qu'un Tupperware (et le patron veut parler ici du vrai Tupperware, de fabrication scandinave, pas de l'ersatz bas de gamme ou de la boîte de glace recyclée hélas trop communs dans nos cuisines).

Jean-Mat' en a plein le bas du dos de ces histoires de chevaliers. Considère que le panache n'est pas la panacée. Ne voit pas pourquoi il serait l'écuyer quand il est le patron. Refuse que je m'arroge tous les droits, y compris de draguer sa directrice du Bonheur, maladroitement certes, elle a dû s'en rendre compte, hein, Guerlaine, tu l'as pas trouvé super maladroit, Panache ?

À entendre Jean-Mat', je peux imaginer la tonalité de la réplique de Guerlaine : Tu sais, l'amour courtois ça signifie qu'on joue aux dames, pas au trou-madame... Ce à quoi Jean-Mat' répond qu'il en connaît qui ont chopé la chtouille pour moins que ça... Il en vient même à douter de la maladie de Guerlaine, et voudrait savoir si elle n'est pas alitée avec un chevalier enfiévré plutôt qu'avec une fièvre de cheval.

De ce que je perçois, Guerlaine estime que ça va trop loin, cette inquisition. Et d'abord, elle trouve ce poème clair comme un tas de boue. Et ensuite, un petit effort de bienveillance dans sa communication, et Jean-Mat' se sentirait mieux après. Et enfin, elle aimerait qu'il cesse sa crise de jalousie, c'est ridicule à la fin.

Jean-Mat' ne nie pas : oui, il est jaloux ! Parfaitement, il est jaloux ! Évidemment, il est jaloux ! Comme un pou, il est jaloux ! (Bien que cette convention sur la jalousie du pou me semble tenir davantage de l'obscurantisme médiéval ou de l'essentialisme animalier que de l'observation scientifique.) On le serait à moins, jaloux ! Guerlaine croit-elle qu'il joue les écuyers de l'autre taré par pur plaisir ? Que nenni ! C'est pour elle qu'il fait tout ça. Pour qu'elle

145

soit fière de lui. Pour qu'elle comprenne que lui aussi, il peut montrer du panache !

Vu de ma fenêtre, au physique, Jean-Mat' ferait un prince charmant tout à fait convenable, mais demeure un enfoiré de première. Comme quoi, gardons-nous de juger sur la mine : on trouve des grands blonds putassiers magnifiques, et de parfaits gentilshommes à chicots pourris, filets de salive coagulée aux commissures et haleine fétide.

Ceci étant, les gens peuvent évoluer, et je serais d'avis et ravi que Guerlaine ne soit pas trop dure avec le patron, ce type-là pourrait nous surprendre. Je suis donc satisfait d'entendre qu'elle accepte, après moult hésitations, le principe d'une rencontre en terrain découvert, place de la République.

Jean-Mat' m'a donné le même rendez-vous, vous allez sans tarder comprendre pourquoi.

En avance, j'ai le loisir d'admirer la statue qui occupe le centre de la place : le Monument à la République, œuvre de Léopold Morice inaugurée en 1883. Chose que je n'avais jamais remarquée : Marianne y brandit un rameau d'olivier, sympathique symbole de paix, un peu hors sujet quand on sait que nos Républiques, peu ou prou filles de l'émeute, ont toutes fini par s'offrir à des militaires, de Bonaparte à de Gaulle, par Napoléon III et Pétain.

Je ne rentre pas dans le détail du million de morts de la décennie révolutionnaire, ce serait fastidieux. Mais peut-être ce rameau dans cette main est-il en définitive le meilleur résumé de la République : je t'ai décapité, c'est vrai, mais tu vois, je sais aussi être sympa : je te mets du cicatrisant sur le cou.

La main gauche de Marianne repose sur une tablette qui n'est pas sans rappeler les Tables de la Loi. Elle porte l'inscription *Droits de l'Homme*. Logique, puisqu'ils sont le nouveau Décalogue, avec toutes les objections que ça comprend, j'ai dit ce que j'avais à dire à ce sujet, je n'y reviens pas.

Autre élément symbolique, inopiné celui-ci : suite à des propos séditieux exprimés sur son socle, le piédestal de la statue est bâché car *EN RESTAURATION*. La République en restauration, si ce n'est pas un petit coucou discret de la Providence ! Et dire que le financement du projet est revendiqué par le ministère de la Culture !

Dernier détail notable : notre statue est nantie d'un baudrier, non par passion de l'accrobranche, mais pour porter une épée, plus raccord avec l'Histoire que le rameau d'olivier. On peut toujours arguer qu'il s'agit du glaive de la justice, mais en ce cas, pourquoi ne pas avoir choisi une balance Roberval, c'eut été plus pépère ? Mieux encore : une main de justice, juste milieu entre le côté tranchant du glaive et le caractère petit-bourgeois des plateaux d'apothicaire.

À titre personnel, une femme avec une épée, voilà qui ne m'emballe pas, ou par exception une escrimeuse française aux Jeux olympiques, à condition qu'elle ramène la médaille d'or. Bon, un autre cas met le désordre à mes principes : celui de Jeanne d'Arc. D'autant que son épée lui a été confiée par Saint Michel, on ne fait pas beaucoup mieux en matière de chevalerie céleste (à part Tanguy et Laverdure, mais cette référence étant d'un autre âge, je la retire).

Après tout, s'il faut octroyer à la République un permis de port d'épée pour que La Pucelle soit autorisée à conserver la sienne, allons-y, vive la République en armes ! Et de toute façon, je clos le sujet : Guerlaine arrive par la droite, Jean-Mat' par la gauche, j'aperçois son reflet dans la vitrine du Boboprix, nous sommes au complet.

Mon écuyer a choisi ces lieux à dessein : s'y tient ce soir une opération câlins gratuits, et plus si affinités.

Le principe : les gens viennent et, sans se connaître, se prennent dans les bras et serrent fort fort fort pour montrer que l'amour est plus fort fort fort que la haine.

Ce qu'il y a de bien avec ce genre d'happeningues, c'est que même les moches peuvent jouer, aucune fille n'est en droit de les éconduire. Mais attention : ne pas sortir du contexte spatio-temporel, sans quoi le câlin peut vite virer au harcèlement de rue.

On lit en Jean-Mat' comme dans un livre : il veut obliger Guerlaine à lui faire un câlin pour pas un rond, tout en observant sa réaction envers moi. C'est bien vu, sauf que Jean-Mat' a oublié un facteur : Guerlaine est malade et met sa rhinopharyngite en avant pour rester en arrière.

De mon côté, je saisis cette occasion pour sauter sur Jean-Mat' et lui faire un gros, un immense, un incommensurable câlin gratuit. Ça n'était pas du tout son idée et, la mine dégoûtée, il me demande de ne plus jamais le toucher, tu m'as bien entendu, plus jamais.

Ce petit ton supérieur pris par mon écuyer me déplaît pour ainsi dire fortement, ce dont je l'informe et, les esprits s'échauffant, on commence à se pousser, ça évite de se taper, on pourrait se faire mal aux doigts.

Hélas ! la testostérone et la bêtise à front de taureau aidant, ça dérape. Guerlaine n'a que le temps de se glisser, au mépris de son corps, entre les mâles dominants que nous sommes, et d'avoir le nez pris en sandwich entre deux coups de poing assénés avec précision, assurant une symétrie parfaite à la nouvelle forme prise par son blase.

— Tout ça pour un câlin ! Pourriez pas vous disputer pour des trucs intelligents au moins ?

— Faut pas dire ça, rétorque Jean-Mat' : on se bat pour toi.

Cet aveu flatte la petite fille romantique en Guerlaine.

— Ah bon ? Mais alors, si c'est pour moi, faites un duel !

Un duel pour Guerlaine ? Qu'ai-je à y gagner ? Nous continuons certes à nous jeter à corps perdu dans la chasteté, magnifique chemin de respect mutuel. Mais si je considère toujours la directrice du Bonheur comme l'épouse de mon âme, au vrai, le doute subsiste sur la réciprocité de cet attachement. L'ambiguïté demeurant, j'aurais aimé, avant de risquer ma peau, être fixé sur la nature exacte de notre relation.

Avec cela, la pratique du combat singulier est interdite en France depuis Richelieu et, pris sur le fait par mon agent de la circulation attitré, j'aurais du mal à feindre l'ignorance. Sur ce coup-là, j'invoquerais volontiers le respect de la loi pour m'épargner une aventure hasardeuse. En même temps, refuser le combat, c'est se désigner couard. Tandis que se battre à mort pour une femme pose son homme.

Ce débat intérieur me poursuit tard dans mon lit, me privant du sommeil du juste. Et voici que s'invite dans mes songes le sourire de Guerlaine. Blancheur de la denture, fraîcheur de l'haleine, lèvres d'orfèvre : mon inconscient m'offre la plus éloquent des réponses. Bien incapable de tuer, je serais en revanche tout disposé à mourir pour cette bouche ! À nous deux, Jean-Mat' !

Le patron est difficile à saisir : samedi, il est au vernissage d'un ami pâte-à-modéliste. Dimanche, c'est accrobranche. Et le soir, il fait ses emplettes chez Prim'heure, *les primeurs à toute heure*. Après ça, la semaine reprend, ça va être trop serré. Il pourrait éventuellement le dimanche 23 mars 2025, ce sont les congés annuels chez Prim'heure, ça reste à confirmer, mais on peut partir là-dessus, il me tient au courant.

J'ai beau lui expliquer qu'un chevalier ne se bat pas le dimanche, qui plus est en Carême, réputé être la trêve de Dieu, Jean-Mat' s'en bat l'œil : le Carême, il est contre ; le travail dominical, il est pour. Enfin, moins pour lui que pour la caissière de Prim'heure. D'ailleurs, ça l'agace cette fermeture annuelle. Le client n'est-il pas roi ?

Assertion qui me fait bondir. Roi, le client ? Foutaise ! On voit bien que le patron ne sait pas de quoi il parle ! Qu'il n'a jamais lu la *Petite vie de Saint Louis* par Paul Guth[9] ! Un roi est un serviteur ! Si le client était roi, on le verrait réarranger les rayons de Prim'heure toute la sainte journée. Si le client était roi, il offrirait à tous les gueux et guenilleux du quartier les fruits et légumes fraîchement acquis. Si le client était roi, on l'apercevrait lavant les pieds des caissières ! Un serviteur, le roi. Un serviteur, j'y insiste. Quand Jean-Mat' le comprendra-t-il enfin ? Soupir.

Mon véto posé au dimanche 23 mars, je suggère à Jean-Mat' qu'on règle la question sans attendre, par exemple maintenant, on serait débarrassé, je connais un endroit dans le Parc de Vincennes à l'abri des regards, j'y aurai mes témoins, qu'il s'en trouve à sa convenance.

---

[9] Desclée de Brouwer, 1993, broché, 204 pages, 17,5 x 10,8 x 1,7 cm, ISBN : 978-2220033709.

Je lui laisse le choix des armes, chose que je n'aurais pas dû, car il sort un Beretta de je ne sais où. Un Beretta ou un Browning. Ou un Colt. Ou un Glock. Ou un Magnum. Ou un Mauser. Ou un Smith & Wesson. Ou tout autre pistolet bien connu des romanciers policiers, et qui viendrait s'intercaler dans cette liste à l'endroit désigné par l'ordre alphabétique, dans l'intention de ne froisser aucune susceptibilité de préséance, et surtout aucune susceptibilité munie d'une arme de poing.

Comment Jean-Mat' peut-il revendiquer une quelconque appartenance à la chevalerie en braquant un pétard ? Ne sait-il pas que l'arme à feu a initié le déclin du courage, pour plagier Soljenitsyne, et sonné le glas de la bravoure, pour le dire avec Bayard ? Que le chevalier sans peur et sans reproche fut lui-même tué en 1524 d'un coup d'escopette à silex tiré, circonstance aggravante, dans le dos ?

Il me faut toutes les ressources de la langue pour le convaincre que pareille arme n'est pas d'un homme comme il faut, et enfin nous accorder à rompre des lances.

Nous nous retrouvons à l'heure et au lieu dits. D'un côté, en casaque camel, chevauchant un vélo électrique de dernière génération, Jean-Bal', Jean-Cach' et Jean-Chris' pour témoins : Jean-Matthieu Derais, directeur d'agence de communication.

De l'autre, en casaque anthracite à thème cotte de mailles, machine de guerre à plumail paonné, monté sur Bidet, un shetland roumain de contrebande, un parterre de nudistes en caution : Guy Panache, chevalier.

Jean-Mat' et moi commençons par échanger nos vues sur la situation. Vues plus courtes que courtoises, je l'admets, mais adaptées à l'auditoire :

— Je vais te faire avaler ton pantalon taupe à pattes de gazelle, vil écuyer !

— Je vais te faire bouffer ton demi-poney nain, chevalier de mes deux !

— Numérote tes abattis car je sors la valise à soufflets, fieffé félon !

— Hein ?

L'essentiel étant exprimé, Jean-Mat' estime que la joute verbale doit céder le pas à la joute brutale. D'habitude fort veule, le patron semble en cette occasion prêt à en découdre. Il passe en petit pignon grand plateau, tandis que je tire sur les rênes pour tempérer les ardeurs belliqueuses de Bidet.

Chacun de nous tient sa lance en main : un tube télescopique d'aspirateur pour lui ; pour moi, un long manche à balai bien pratique pour les carreaux en hauteur, les vasistas notamment ; le tout dans un style très para-ménager, donc.

Les deux montures piaffent, s'élancent. Jean-Mat'
tire parti de son assistance électrique pour lâcher les
chevaux, tandis que Bidet patine un tantinet au
démarrage. Pour ne rien vous cacher, il n'a pas
bougé d'un iota, les pattes scellées selon lui par le
poids de sa charge, par la peur d'après moi.

Le différentiel de vitesse est énorme, si bien que le
patron n'a aucun mal à me désarçonner d'un coup
de tube d'aspirateur dans le plexus solaire, peut-être
l'épigastre, à moins que ce soit le sternum ou le
diaphragme ou le pylore ou le duodénum ou le
thorax, ou encore un peu des sept, mais une certitude
sensorielle est établie : j'ai mal.

Je roule à terre, souffle coupé et, rien ne m'étant
épargné, la face dans une déjection canine. Ça
s'appelle se faire étendre. Mais il en faut bien
davantage pour me faire rendre gorge : je commence
par ramasser quelques dents tombées-là, et qui
ressemblent fort aux miennes ; puis, sourire moins
ravageur que ravagé, je me relève. Jean-Mat' descend
de vélo. Le combat va se poursuivre à pied.

On croise le fer et le bois, tube d'aspirateur contre
manche à balai. À ballet, pourrais-je écrire, tant la
chorégraphie est harmonieuse, les arabesques des
armes répondant aux entrechats des hommes, entre
pas de sissonnes et sauts de biches. Spectacle moins
homérique que féerique, peut-être un chouïa longuet
sur la fin, vers la vingt-cinquième heure, ce qui me
fonde à en interrompre la description. S'agissant de
trancher, les armes à feu ont aussi du bon…

On se retrouve au crépuscule du lendemain. Les nudistes ont plié les gaules depuis beau temps, d'autant qu'il est à la pluie. Mon écuyer et moi-même sommes deux boxeurs groggys, ne tenant debout que par appui réciproque. De loin, Guerlaine a cru à une lambada entre chiens et loups.

J'y mets fin dans un sursaut de dignité. Jean-Mat' tombe en avant, ce qui a pour conséquence de le réveiller. N'ayant pas réussi à le vaincre sur le pré, je le délie de son serment d'écuyer. Cela n'a pas l'air de beaucoup le soucier, il est d'évidence absent. Je ne vaux pas mieux.

Guerlaine est perdue pour tout le monde.

Je le comprends maintenant : Jean-Mat' nourrit un complexe à l'endroit de la chevalerie, entre attrait et répulsion. Il bave de jalousie et crache de mépris en même temps.

D'un côté, il m'embauche comme chevalier, ce que peu de patrons auraient fait. Il accepte même de me servir d'écuyer, c'est dire ! Et revendique pour lui le titre de chevalier. De l'autre il moque ma quête, et avec elle tout idéal un tant soit peu généreux.

Je ne m'expliquerai ce paradoxe que des années plus tard, quand il s'en sera ouvert à moi, mais je vous en couche ici le compte-rendu, c'est mieux pour la compréhension du personnage. Et tant pis pour l'entorse à la chronologie, j'écris des mémoires, pas un livre d'Histoire. Flashback :

— Maman, maman, je veux ça ! ordonne un mini-Jean-Mat' désignant une panoplie de chevalier.

Il y a là l'épée en mousse rigide, l'écu orné d'un griffon, le heaume à visière rabattable, l'armure en polyester. Un rêve de gosse.

— Non, mon chéri, je te rappelle que je t'ai déjà offert un costume de Robin des Bois hier…

— Il me serre aux chevilles. On dirait un collant de fille.

— Ça s'appelle une coupe *slim*, mon chéri. Ou *fit*. Ou ajusté. Ou seconde peau. Ou mue de serpent. C'est plus pratique : ça évite à Robin des Bois de prendre son pantalon dans les branches. Et puis ça met ses jambes en valeur.

— Je veux pas mettre mes jambes en valeur ! Je veux un pantalon de garçon !

— Mon chaton, ça ne veut rien dire, un pantalon de garçon !

— Si, ça veut dire !

— Non mon lapin : un pantalon de garçon, c'est un pantalon porté par un garçon. Et c'est la même chose pour un pantalon de fille. Personne n'a à décider ce qui est réservé aux garçons ou aux filles.

— M'en fiche ! Moi, je veux m'habiller en chevalier !

— Mon canard, je ne te rendrais pas service en te disant oui. Un jour tu comprendras et tu me remercieras.

— Jamais !

Trente ans plus tard, Jean-Mat' cherche à comprendre. Mais auprès de qui chercher ? Sa mère ? Elle n'est plus. Sa thérapeute ? C'est en vous que vous trouverez les réponses, l'informe-t-elle. Moi je suis payée pour les questions. Il a beau chercher, Jean-Mat', la vérité ne remonte pas du puits.

Alors, sur mes conseils, il compulse les archives de Vincennes. On trouve des militaires dans son ascendance, et il remonte le temps jusqu'à la guerre de Cent Ans. La réalité dépassant à l'occasion les espérances romanesques les plus folles, il tombe nez à nez avec le chevalier Gilles de Rais, compagnon d'armes de Jeanne d'Arc au siège d'Orléans.

Gilles de Rais, condamné en 1440, pour pacte avec le Diable et actes contre nature, à être en même temps brûlé et pendu, deux précautions valant mieux qu'une. Gilles de Rais, archétype de *La Barbe Bleue*, conte de Perrault sur lequel je ne m'attarde pas, parce qu'en matière d'absence de consentement féminin, *La Barbe Bleue*, ça dépasse de cent coudées *La Belle au Bois Dormant*.

Comme de bien entendu, le tribunal de l'Histoire ne fait pas de détails, quand ce sont les détails qui font l'Histoire. Gilles de Rais ne serait pas le suppôt de Satan qu'on a décrit, des jalousies trop humaines influencent parfois le verdict des juges et la vindicte du peuple, la main du bourreau et la plume de l'historien.

Mais de son histoire familiale, Jean-Mat' tire deux enseignements : et d'un, la chevalerie sourd dans son sang, vit dans ses veines, jaillit dans ses gènes, et il comprend l'aimantation qu'elle exerce sur lui ; et de deux, vu le pedigree de l'ancêtre, de génération en génération, les mères soucieuses de leur progéniture l'ont empêchée d'inscrire ses pas dans les siens.

Sachant cela, on interprète mieux les conseils de Jeanine Derais à Jean-Mat' : monte une agence de communication, mon fils, c'est très bien, ça ne porte pas à préjudice. Et mets des collants moulants, ça t'évitera de pactiser avec le Diable.

XI. Sauvetage de meubles

Pour mettre un roi sur le trône, il faut bien démettre un président, ce n'est pas là esprit de revanche mais de suite. Dès lors, pourquoi ne pas commencer par le second terme de la proposition, et déposer le président ? La nature ayant le vide en horreur, une fois la place vacante, les candidats sortiront du bois, de Vincennes ou d'ailleurs.

La difficulté, c'est qu'on ne dépose pas un Président comme un copain à la gare. Surtout s'il s'accroche à son siège. Dans pareil cas, la diplomatie, c'est bien, mais limité. Parce que si le type en face vous dit noir quand vous dites blanc, la conclusion demeure : noir c'est noir. Donc, diplomatie, peut-être, mais la lance à la main.

C'est ici que j'en arrive à ma conclusion : sans armée, on ne va pas y arriver. Le sacre à Reims, fort bien, mais encore faut-il les troupes pour y parvenir, Charles VII peut témoigner. La crème militaire et le saint chrême ont souvent fait bon ménage. À cet égard, même le pape a ses gardes suisses. Et s'ils semblent autant d'Arlequins, ne les prenez pas pour des bouffons : avant Marignan et mon ancêtre, on les croyait invincibles.

Je continue certes de m'en remettre à la Providence mais, après mes succès relatifs à l'île Bourbon et au Château des Dauphins, j'ai décidé de réduire à la portion congrue sa part dans ma quête, lui préférant la règle des 3P que tout bon expert digital pratique au quotidien : Projeter, Planifier, Prévenir.

Le projet étant clair (me constituer une armée), j'en suis rendu à la phase de planification, qui demande de se poser quelques questions, telle : de quel type de soldats ai-je besoin ? En termes de compétences, un commando qui aurait fait le Kosovo, l'Afghanistan, la Côte-d'Ivoire, la Lybie, la Syrie, le Sahel et la Centrafrique serait idéal.

J'ai pour ma part un faible pour la cavalerie. Ici, attention aux faux amis : en 2024, cavalerie, ça veut dire *chars d'assaut*, ce qui n'est pas mal en soi, mais n'épouse pas mes aspirations : je veux entendre le martèlement de la charge plutôt que le cliquetis des chenilles, sentir le crottin plutôt que le gasoil. Bouvines plutôt que le passage des Ardennes. Bref : je veux des chevaliers sur des chevaux.

Je résume : première grande idée : recruter une armée. Deuxième grande idée : une armée de chevaliers. Mais par où chercher ? Et là, sans transition, troisième grande idée, qui va mériter un nouveau paragraphe.

Je vous retrouve sur l'hippodrome de Vincennes, La Mecque du trot attelé, quarante-deux hectares, deux kilomètres de piste, 20% des revenus du PMU. Monté sur Bidet, je tourne autour du champ de courses en scandant dans un mégaphone et d'une voix traînante et monocorde : « Qui veut restaurer le roi avec moi-euh ? ».

Bientôt, un trotteur me rejoint, puis deux, puis cinq, puis des dizaines qui m'escortent autour de la piste, comme autant de chars romains leur général franchissant le Rubicon. Je leur donne rendez-vous à une date et en un lieu qui leur seront communiqués en temps utiles, les temps actuels étant réputés inutiles, mais pas pour longtemps, qu'on se rassure. Pour l'instant, j'ai d'autres soldats à fédérer. Je connais mon Histoire de France, et sais qu'après Bouvines viennent Crécy, Poitiers et Azincourt, valse à trois contretemps de la guerre de Cent Ans, qui vit les chevaliers français tomber sous les traits d'Albion la perfide. Pour prévenir tout bégaiement de l'Histoire, il me faut des archers. Cette fois, je me retourne vers la Providence.

Pas rancunière, la Providence : il lui faut quoi ? Cinq, dix minutes de trot dans le bois de Vincennes pour m'offrir ce que je cherchais ? Traversant la seigneurie de l'Insep[10], j'en déchiffre la devise sur un étendard claquant au vent : *Terre de champions*. Et champion, ça veut dire ce que ça veut dire : *celui qui combat en champ clos pour défendre la cause d'une autre personne ou la sienne propre. Syn : chevalier.*

Sous l'étendard, des archers s'entraînent, que la perspective d'une pause semble agréer. Tant qu'on y est, on débauche les épéistes, fleurettistes et sabreurs qui se défient à deux pas. Au total, une armée qui a fière allure, avec ses uniformes dépareillés rappelant ces mêlées médiévales, chaque chevalier arborant ses couleurs ou celles de sa dame.

---

[10] Institut national du sport, de l'expertise et de la performance.

Il ne manque que la Garde républicaine, laquelle crèche justement derrière le château de Vincennes. Mais ne s'agit-il pas avant tout d'une troupe de parade, voire de cirque, avec spectacle équestre sur fond de fanfare ? Ils ont même joué *Quelque chose de Tennessee* pour la mort de Johnny. Bon orchestre au demeurant, mais républicains indécrottables, c'est à parier. Ils ne se rallieront qu'une fois le fruit tombé. Faisons sans eux.

Je ne m'explique pas l'engouement de la troupe pour mon projet de restauration. Est-il, dans l'inconscient collectif, un besoin de renouer avec la figure paternelle et tutélaire raccourcie en 1793 ? À tous, je prescris de se tenir prêts, l'heure étant proche. Bon, là tout de suite, ça va être compliqué, me répondent-t-ils, les Jeux olympiques sont dans une semaine, ça nous fait un conflit d'agenda, on se prendra un moment plus tard…

Taratata ! Le soir même, je passe mes troupes en revue au cœur du bois, tandis que les adeptes du bronzage intégral font le guet, prêts à fondre sur tout intrus menaçant la confidentialité de nos menées. Un peu dissipée, ma petite armée, il faudra que j'y mette bon ordre. Si la bonne humeur est nécessaire au combattant, ça ne doit pas virer à la colonie de vacances.

Tout étant projeté et planifié, jusqu'au dernier bouton de guêtre, reste le dernier de mes 3P : prévenir. Debout sur mes étriers, je préviens donc mes soldats qu'ils sont désignés volontaires pour renverser le régime.

J'explicite le plan de bataille : les archers s'assureront, par une pluie continue de flèches, du contrôle des abords de l'Élysée. Viendra alors la charge des chevaliers propre à anéantir toute résistance embusquée derrière le mobilier urbain. Enfin, les escrimeurs investiront les lieux et s'empareront de la personne du Président, en prenant bien soin de ne pas le décoiffer, car une photographie souvenir sera prise sur le perron du palais.

À ce plan infaillible, les réactions des archers, jockeys et escrimeurs sont plus dignes de la cour d'école que du champ d'honneur : « C'était pas pour de la fausse ? », « Un, deux, trois je ne joue plus », « Je croyais que c'était pour du beurre ! », « Y'a pouce », « Perché », « Maison » et tout le tremblement. Le commentaire général est que j'étais plus rigolo quand on croyait que je rigolais.

Et voici mon armée qui s'égaye comme volée de moineaux, chacun ayant un herbier à faire, une icône à confectionner pour la première communion du petit, un cours de solfège à prendre, un ouvrage au crochet à terminer pour la fête des mères. Je me découvre une troupe versée dans l'art et l'artisanat, le culturel et le spirituel, ce qui m'est d'un grand réconfort, mais d'un faible renfort quant à la déposition du Président.

À la bonne heure ! Puisqu'on ne peut compter sur personne dès lors que ça devient salissant, je décide de ne m'en remettre qu'à moi-même. Qu'à moi-même, pas tout à fait : avant la grande épreuve, je tiens à invoquer les mânes de Saint Louis, que je suspecte de tourner dans le coin, autour du chêne dont il s'abritait à l'heure de rendre justice.

Ne sachant pas bien où le trouver, je m'enquiers auprès de promeneurs : « Le chêne de Saint-Louis, s'il-vous-plaît ? » Les réponses fusent : « Saint Louis ? Le fomenteur des croisades ? J'suis bien contente qu'il ait chopé la dysenterie à Tunis ! »

166

« Saint Louis, le brûleur de Talmuds en place de Grève ? Qu'il rôtisse en enfer, celui-là ! » « Saint Louis ? Le tueur des Cathares de Montségur, Quéribus et Niort-de-Sault ? Que sa race soit maudite à jamais ! »

Pour peu que j'eusse ignoré les dessous de l'Histoire, le niveau de connaissance du badaud moyen m'en aurait bouché un coin. Mais je suis présentement surtout navré par le résultat de deux siècles d'idéologie républicaine. Pas gagné-gagné cette restauration...

Sur ces entrefaites, je tombe sans l'avoir prémédité sur un chêne majuscule, dont les branches basses sont soutenues par des étais et couvrent la surface d'un terrain de tennis. À la recherche d'un indice probant, j'en inspecte le tronc et discerne après peu, satanée Providence, cette équation gravée dans l'écorce : $L+M=$ ❤.

Oui mais c'est bien sûr ! Le L de Louis, le M de Marguerite de Provence, que Saint Louis n'effeuilla qu'après trois nuits d'abstinence postnuptiale, pour apprendre à dominer la chair. Quel homme, quand même ! (Et cet homme n'embrasse pas la femme, au moins pour trois jours.)

Je m'agenouille, adresse une courte prière au roi saint, et grave à mon tour sur son chêne : *Panache fut là – 7 août 2024*. Puis m'en retourne à mon destin.

Au milieu de l'été, l'Europe de l'Ouest essuya un épisode pluvieux inédit depuis que l'humanité est versée dans l'hydrométrie. Quand je dis épisode, ce fut toute la saison, le bassin parisien pour épicentre. La chaleur accumulée depuis des mois avait explosé en orages violents, alliant la virulence de la drache du Ch'Nord à la constance du crachin breton. Mais là où l'on se fait une raison en Flandre ou dans le Finistère, on crie à l'injustice en Île-de-France, le poing brandi vers le ciel. Lequel ne daignait répondre que par un grand seau d'eau jeté de toute sa hauteur.

En une semaine, il tomba quatre mille litres au mètre carré. Une pluie de mousson, qui jeta pour la seconde fois de ces mémoires un froid chez les contempteurs du changement climatique.

Déjà comblées par les fortes averses de printemps, les nappes phréatiques débordèrent en deux deux, tirant la Seine du lit. Elle se divisa en six ou huit bras, Shiva fluviale, pieuvre liquide, hydre protéiforme, et j'arrête là pour les images.

La crue centennale tant redoutée depuis 1910 submergea Paris, à commencer par les arrondissements centraux. Pont de l'Alma, la question n'était plus de savoir si le zouave allait s'enrhumer, mais combien de temps il pouvait tenir en apnée.

On commençait à se demander si la capitale pourrait accueillir les Jeux olympiques durant la seconde quinzaine d'août, chacun étant absorbé dans cette tâche : écoper. On croisait les gars du GIGN une bassine à la main, ceux du RAID une serpillère. Changés en débardeurs, les membres des cabinets ministériels sauvaient les meubles. Le maire, la maire ou la mairesse de Paris (on ne va pas se fâcher pour si peu) posa pour la postérité en hors-bord place de l'Hôtel de Ville.

Je sais, ça n'est pas élégant, mais je choisis ce moment de grande désorganisation pour mener à bien mon projet de déposition présidentielle. Par bonheur, les poneys savent nager, ce qui nous permet, à ma monture et moi-même, de rallier saufs l'angle des avenues de Marigny et des Champs-Élysées.

Mon panache a perdu de sa superbe, j'ai de l'eau plein les chausses, je n'ai personne au monde. Les grands élans populaires, c'est toujours pareil : les gens ne sont pas contre, mais de là à sortir sous la pluie...

Qu'à cela ne tienne, un homme sûr de son fait vaut peut-être mieux qu'une troupe indécise. Je dis bien *peut-être*, ne m'étant pas encore fait de religion sur ce sujet, j'attends la fin du chapitre. Et puis, la Providence n'est d'évidence pas encore entrée en scène...

La voici, comme attendu, sous le panneau *Palais de l'Élysée – Théâtre de Guignol*. Elle est juchée sur une jument de race shire, culminant à deux mètres au garrot. Le genre de monture sur pilotis qui vous garde les pieds au sec. Bidet lui arrive aux fanons, ces touffes de poils qui couvrent les ergots, ce qui nous situe à hauteur de cheville. De tailles très complémentaires, donc, nos deux équidés s'enrichissent déjà de leurs différences en se laissant aller à des mamours.

Pour nous autres Français, qui avons la condescendance facile quand on en vient aux Belges, se tenir au pied d'un tel pur-sang nourri aux choux de Bruxelles, spéculoos, waterzoi, liégeois et autres moules-frites (ainsi qu'abreuvé de bière d'abbaye) est une saine école d'humilité. Mais Français nous restons, et j'éperonne Bidet à l'effet de le faire poitriner, oreilles altières et ganache haute, car il a tendance à s'avachir ces derniers temps. Le nanisme n'autorise pas tout.

À l'instar du Grand Jacques, chansonnier devant l'éternel, notre shire est originaire du Brabant belge et répond, à ce titre, au doux nom de Brêle. C'est Jean-Mat' qui m'en informe.

Ah oui, je n'ai pas précisé : perchée sur Brêle, la Providence, c'est lui.

Pourquoi Jean-Mat' me rallie-t-il au moment que j'ose affirmer le plus critique de notre histoire, et sans doute de l'Histoire ? Pas évident à dire, le patron étant une personnalité chez qui l'on trouve de basses comme de braves raisons.

Pour la bassesse : il est manifeste que Guerlaine a succombé à mon charme chevaleresque et que, par suite, si Jean-Mat' veut reconquérir sa belle, il doit me seconder, voire me devancer sur ce terrain, délié qu'il est de son serment d'écuyer.

Pour la bravoure : il faut en avoir dans le slip en soie élastomère destructrice d'odeurs pour s'associer à une tentative de changement de régime menée par un chevalier insane monté sur un poney nain.

La présence de Brêle est en outre le signe qu'il a prémédité son coup. Où a-t-il débusqué ce shire ? est une énigme que ces mémoires ne résolvent pas, même si je soupçonne un coup de pouce de Jean-Claude, notre ami belge rencontré au château des Dauphins. Quand on est gentil avec les gens, ils savent s'en souvenir. Mais laissons cette question sans réponse.

Il a beau être chiant comme la pluie, con comme la lune d'une connerie vaste comme l'océan, Jean-Mat', il est surtout libre comme l'air. Un homme selon mon cœur, pour le dire à la mode vétérotestamentaire.

Sa présence double l'effectif et change radicalement le rapport de force. Côte à côte, botte à botte ou, pour mieux dire, éperon à panache, on peut dès lors marcher avec confiance sur l'Élysée.

Mais avant cela, Jean-Mat' démonte, ce qui est plus compliqué avec un shire géant qu'avec un poney nain. De l'eau jusqu'aux cuisses, il s'agenouille à mes pieds et, du feu dans le regard, me jette :

— Je veux embrasser Fanny.

Il n'en dit pas plus, et je comprends. Je comprends qu'il a compris. Il a compris qu'un chevalier ne peut se soustraire à ses devoirs. Qu'embrasser Fanny n'est pas une forme d'humiliation, mais un gage d'humilité. Qui s'y refuse brise la chaîne des générations qui ont honoré la tradition avec entrain, et rompt par là-même le cercle vertueux de la confiance.

Pour autant, cet us provençal de la bise fessière, qui pouvait se justifier en un temps de gauloiserie généralisée, m'apparaît caduc. Présenter ses lèvres au séant du vainqueur n'est-il pas désormais malséant ? Il est des façons plus délicates de marquer son respect.

N'écoutant que mon ressenti, je décide alors de l'abolition universel de l'hommage à Fanny, avec effet immédiat (et rétroactif, pour ceux qui auraient manqué par le passé à leur devoir). À compter de ce jour, il y aura loin de la croupe aux lèvres.

Donc, plutôt que de tendre mes miches à Jean-Mat', je lui pose mon balai sur l'épaule droite, puis la gauche, et lui abats une paluche bien lourde sur la nuque, de celles qui vous marquent les cervicales à vie.

Jean-Mat' entend protester, mais je l'arrête net : ma réaction ne ressort pas au plaisir sadique. Le coup dans le cou, c'est important, primordial même, car c'est la colée qui fait l'adoubement. D'ailleurs, je lui remets un petit taquet, on n'est jamais trop sûr.

Le voici chevalier.

Dans la seconde qui suit, Jean-Mat' voudrait bien que je lui fasse la courte échelle pour monter à cheval. Et que je remonte ses étriers. Et que je bouchonne Brêle aussi. Et que je porte sa lance tant que j'y suis, il a mal à l'épaule. Que je sois son écuyer en somme. Le type, tu lui donnes un doigt, il repart avec ta femme sous le bras.

Bon ben il va être l'heure d'y aller. Jean-Mat' m'a suggéré de partir devant, offrant de me couvrir. Il joue au petit soldat avec des pieds de plomb, et je l'entends s'interroger dans mon dos : « Non mais il va pas faire ça quand même ? » Que la question me soit destinée ou non, j'y réponds : si Jean-Mat', il va le faire, et tu vas le faire avec lui.

Devant, le palais, personne. Pas de policiers. Pas de type tanqué dans un costume noir et portant une oreillette qui fait bien la blague. Même les barrières en acier galvanisé qui occupent à l'accoutumée les abords du lieu brillent par leur absence. Je suis condamné à sonner. Une fois, deux fois, trois fois.

Une croisée s'ouvre enfin, une tête en sort : « C'est pour ? » Dois-je jouer franc-jeu, et prévenir d'emblée du coup d'État qui se trame, ce qui risque d'être pris au mieux pour une prétention, au pire pour de la bêtise, entre les deux pour une boutade ? Ou annoncer la couleur une fois introduit dans la place, ce qui manque tout de même de panache ?

La suite des événements rend vaine la question, car la grille de l'Élysée s'ouvre avant peu sur deux gaillards occupés à transporter une statue de Jupiter en marbre veiné de Carrare — de Carrare à l'estime, je ne connais que lui.

Chaussés de bottes bleu marine tatouées d'une ancre, encapuchonnés dans un ciré jaune, les deux hommes portent leur butin vers un camion des Déménageurs Bretons garé à proximité : dans les circonstances climatiques exceptionnelles qu'il essuie, l'Élysée a fait appel aux meilleurs, capables de livrer un piano à queue dans un phare de haute mer par une nuit de tempête.

Je tiens là l'occasion d'investir les lieux. Ayant enfilé des bottes et un ciré trouvés sous la banquette avant du camion livré à lui-même, je franchis la grille et traverse la cour d'honneur, de l'eau plein la capuche, dont j'ai trop tard l'idée de me couvrir.

Mon destrier m'a suivi. Conscient qu'il est le représentant du règne animal dans cette éminente affaire, il se fend d'un petit trot enlevé du meilleur effet. La Garde républicaine en grand apparat de 14 juillet ne fait pas plus digne. J'abandonne Bidet à son bain de siège en bas du perron.

Le palais est une ruche : des secrétaires emplissent des cartons que des manutentionnaires empilent que des déménageurs emportent. C'est limpide : je n'intéresse personne. Ce qui est vexant, mais m'offre de flâner à mon gré.

Je longe des couloirs, parcours des escaliers, pousse des portes et me cache de vatères en vatères.

Avec tout ça, j'ai atteint sans brûler une amorce le cœur du sanctuaire : le bureau présidentiel.

Je toque, c'est plus respectueux. Personne. J'ouvre. Personne. Personne ni rien, pas même un pot à crayons, une agrafe ou un trombone. On est loin du bon artisan qu'on reconnaît à ses bons outils. Mais comment le président fait-il pour travailler ? Et surtout, où se terre-t-il ?

Tu lis entre les lignes, lecteur : la Seine menaçant, on a déplacé le centre du pouvoir. Le truc qui arrive une fois par siècle. La dernière, c'était la faute à la drôle de guerre, en mai 1940.

La question est maintenant : le code de la chevalerie m'autorise-t-il à déposer un chef d'État sans lui avoir signifié mon intention de visu ? Le procédé manque de classe, assurément, mais quand le capitaine abandonne le navire qui fait eau de toutes parts, reproche-t-on au second de barrer à sa place ?

175

Je résous ce cas de conscience à mon avantage, en décidant que la déposition ne peut plus attendre. L'air de ne pas y toucher, j'investis le petit salon mignon du rez-de-chaussée qu'on voit à la télévision les jours d'adresse à la Nation, avec le jardin en arrière-plan, le pupitre au licteur et la caméra en face qui n'attend que moi.

Je joins illico l'audiovisuel public dans l'idée, ma foi bonne, d'annoncer une prise de parole exceptionnelle et immédiate de l'Élysée, en ces temps de catastrophe et de souffrance pour le peuple de France. C'est roué, mais aucun mensonge là-dedans.

Pont du Garigliano (lecteur provincial, sois instruit qu'il s'agit du siège de France Télévisions), on casse la grille des programmes, on lance la pastille de l'édition spéciale, on prend une voix grave avant de me céder la parole.

Ma ganache apparaît dans les petites lucarnes des chaumières de France et de Navarre (pour enfiler trois perles journalistiques). Enfin, pour la Navarre, je ne suis pas bien sûr. Restons-en aux petites lucarnes des chaumières de France, on ne se trompe pas.

Chers sujets, je suis le chevalier Panache, dont l'ancêtre a chargé à Marignan aux côtés de Bayard. Le Président de la République vient d'être déposé par mes soins. Il n'est pas encore au courant, mais l'apprendra bien assez tôt… Euh… J'en appelle maintenant à la Providence pour faire asseoir un roi sur le trône de France… Voilà… Je tiens le trône à sa disposition… Et donc…

176

À cet instant, le technicien, pour sûr républicain bon teint, envoie une publicité qui fait honneur à son sens de l'à-propos, puisqu'elle vante les mérites d'une chaîne de restauration rapide. Fin de l'édition spéciale, disparition de la voix grave, retour aux programmes usuels.

J'en prends conscience trop tard : j'aurais dû écrire mon texte. Du moins venir avec des notes. Et convier les prétendants au trône de France à me rejoindre à l'Élysée, pour qu'on voie à organiser les choses. Parce que passé la déposition du président, j'ai quelque peu ramé.

Dans cet instant arrive le Chevalier Noir. Jambières en titane, casque en Kevlar, fléau en caoutchouc, blason à son chiffre (*CRS*) : le champion de la République se dresse devant moi. Enfin ! pensé-je à l'idée de m'affronter à lui. Et cette pensée n'a pas plutôt éclos qu'elle est écrasée par une balle. Une balle assommante. Sur l'échelle des projectiles, une munition tenant le milieu entre la fléchette-ventouse et l'ogive nucléaire.

Égal à lui-même, le Chevalier Noir n'a pas pris la peine de saluer l'adversaire avant d'engager le combat. Qu'il est loin le temps du « Tirez les premiers, messieurs les Anglais ! » Et puis, cette façon de viser le siège de l'intelligence à bout portant, que c'est vulgaire ! Et de nature à faire monter le rouge au front d'un gentilhomme. Un bon coup de tonfa dans les gencives aurait été plus franc du collier.

J'en suis quitte pour un œuf de pigeon. De pigeon, pas tout à fait, car je découvre qu'un œuf, quoique pondu, peut grandir encore. À preuve : le mien champignonne jusqu'à atteindre la taille d'un œuf d'autruche, de dinosaure enfin.

Cette défaite est mon Crécy, mon Poitiers et mon Azincourt tout à la fois, et j'aurai matière à méditer, une fois la restauration effective, sur le moyen de protéger la chevalerie française des nouvelles armes de jets. Pour l'heure, ma priorité est ailleurs : recouvrer mes facultés mentales et physiques. En attendant, ne rien envisager de stupide.

Tout au moins mon honneur demeure-t-il intact. Je n'en dirai pas tant du Chevalier Noir. Cet individu mérite-t-il encore le nom de chevalier ? La question vaut d'être posée. Je la lui pose en effet. Voilà qui est stupide : comme on se mord deux fois la langue au même endroit, il me remet un plomb dans ma bosse. Écran noir.

XII. Droit d'asile

Par bonheur, il y a Jean-Mat'. Nous avions tous oublié ce dernier, moi le premier. Il deviendrait pourtant sous peu le dépositaire de mes ultimes espoirs.

Jusqu'à présent, il est resté en réserve du royaume. La rue parisienne n'étant pas toujours d'une hygiène irréprochable, il a manœuvré de manière à ne pas exposer sa chemise cerise et son pantalon cochon de lait à un risque bien réel de salissure (une habitude contractée dans l'enfance, époque où interdiction lui était faite par sa mère de tacher son collant de Robin des Bois).

En somme, il a déjà montré une belle liste de qualités : on peut le dire entre autres soigneux de ses affaires, prudent et, facette méconnue de sa personnalité, discret. Cet art de serrer les sphincters pour faire corps avec un tronc d'arbre, de présenter un teint verdâtre pour se fondre dans son feuillage, de prendre, phasme citadin, l'apparence du mobilier urbain, réverbère, poubelle, banc comme abribus, de se recroqueviller tel hérisson apeuré ou faire le mort ainsi qu'araignée menacée : instinct de conservation rare, y compris dans la jungle !

À ce charisme, il convient d'ajouter la modestie. Car tout chevalier qu'il est désormais, il ne rechigne pas en la circonstance à tenir le second rôle, celui de l'écuyer qui rassemble les montures à distance du champ de bataille, de façon à se tenir prêt en cas de repli inopiné mais stratégique, préparant dans les replis de son cerveau l'une de ces habiles retraites qui valent des victoires.

Cette position en surplomb lui permet d'intercepter, émanant d'un véhicule banalisé, un *appel à toutes les patrouilles, appel à toutes les patrouilles, un individu déséquilibré s'est introduit dans l'Élysée, je répète, un individu déséquilibré s'est introduit dans l'Élysée. Il est vêtu d'un déguisement de déménageur breton, sous l'emprise probable de stupéfiants, et potentiellement dangereux.*

Une fois de plus, le but de Jean-Mat' est-il de me sauver ou de s'attirer les bonnes grâces de Guerlaine ? La question est légitime. Mais une fois de plus, n'étant psychologue ni de profession ni de caractère, je laisse ça à d'autres.

Toujours est-il qu'il saillit de jument, dans le dessein de m'exfiltrer du guêpier qu'est devenu le palais. J'irais même jusqu'à dire bourbier et, si j'étais Américain, je n'hésiterais pas à parler de nouveau Viet Nam, tant la situation est indémerdable.

Encore faut-il faire montre du courage physique qui consiste à voler un ciré et des bottes de déménageur breton dans le camion, se donner une contenance en tirant un diable à travers la cour de graviers, ce qui est une tannée (à plus forte raison avec de l'eau aux genoux), monter le perron avec une désinvolture consciencieuse, trouver le petit salon mignon d'où j'ai causé dans le poste, s'emparer du flingot du

Chevalier Noir et lui coller une bastos dans les valseuses.

Pour peu que je manque de chance, la balle pourrait se perdre, ricocher et se loger dans mon front. C'est ainsi que mon enflure se hausse d'un troisième étage, qui donne à l'ensemble l'apparence d'une stalagmite ou plutôt, au vu des coloris jaune, vert et violet, d'une sucette torsadée.

M'ayant trouvé à peu près mort, Jean-Mat' opte à toute force pour une paire de baffes, avant d'enchaîner, effrayé de sa propre violence, par une caresse. Si l'aller-retour prouve sa totale inefficacité, la caresse provoque chez moi une réaction (saisie du poignet de mon agresseur, mise au sol, clé de bras, immobilisation, demande de formulation d'excuses). Comme quoi, on dira ce qu'on veut, la non-violence a ses vertus.

Mais pour l'heure, tout ce que la violence légale compte de représentants converge vers le palais, sirènes hurlantes et queues-de-poisson frétillantes, dans le but explicite de mettre au frais le fretin que nous sommes.

Jean-Mat' et moi mettons les bouts. Notre fuite s'oriente vers une fenêtre sur rue. Parvenu à l'ouvrir, je siffle Bidet au moyen d'un appeau à poneys glissé par la Providence dans ma poche. Chant d'amour qui le tire par les oreilles sous la croisée, tout gonflé de désir, comme le langage du corps en témoigne.

S'agissant de sauter du premier étage, il aurait mieux valu voir Brêle débarquer, seulement voilà, la Providence n'a pas beaucoup forcé son talent sur ce coup-là.

Point positif : nous échappons au gag classique de la monture qui avance d'un pas en dernière intention.

Ceci étant, le saut en selle n'est pas sans douleur, surtout quand Jean-Mat' me tombe à son tour sur le râble. J'aurais rêvé sortie plus glorieuse, à la lance ou à l'épée. Là, c'est plutôt à la bite et au couteau.

Brêle arrive à son tour, que Bidet cherche aussitôt à saillir, si bien que Jean-Mat' et moi versons. Décidément, ce poney à tous les vices, la bonne chère comme la chair fraîche. C'est autant de temps perdu, alors même que la souricière se met en place.

J'ai pour ma part un objectif clair : ne pas me faire cravater avant minuit. Ensuite, c'est dimanche, trêve de Dieu, je pourrai regagner mon lit, flegmatique et serein sous la haie d'honneur des forces de l'ordre.

Ce nonobstant, soupçonnant certains d'envisager ladite trêve comme optionnelle, voire parfaitement anachronique, je décide en mon for qu'il sera désormais proverbial que prudence est mère de sûreté. Et je cherche une bonne planque.

Par où fuir ? Le métro est sous l'eau, le plancher des vaches couvert de poulets. Reste les toits. Le métrobranche ! Ce projet d'accrobranche urbain dans tout Paris, prévu pour être inauguré la veille du premier tour des élections municipales...

Le parcours est en cours de certification, préalable à la pose des ascenseurs sur les principaux monuments qui en assureront le maillage. Des échafaudages les ceinturent à cette fin, du Grand Palais à Saint-Philippe-du-Roule par la Madeleine. Nous optons pour cette dernière.

Jean-Mat' s'est porté aux avant-postes de la retraite, tandis que le peloton des policiers montés lançait la chasse. Bidet a beau avoir de bonnes jambes, elles n'en mesurent pas moins trente centimètres, et il perd du terrain sur l'échappé du jour, jusqu'à se retrouver intercalé entre Brêle et les poursuivants dans la rue des Saussaies (lecteur provincial, Paris ne condescendra pas).

Composés pour l'essentiel de coureurs de l'équipe AC2P[11], le gruppetto des poursuivants s'est extrait du peloton à la faveur d'une chute à l'arrière imputable à la chaussée détrempée. Chacun y assure à son tour un relais bref mais nerveux. Bidet a beau

---

[11] Agents de la Circulation de la Préfecture de Police.

s'employer, les chasseurs l'ont en ligne de mire au bout de la rue Montalivet.

Les balles assommantes ricochent autour de nous et, comme toi, lecteur, j'estime faiblard le taux de réussite des méchants : ça sent son manque d'assiduité au stand de tir. À moins que la méchanceté nuise à la performance, auquel cas seule une conversion intérieure leur permettra de progresser. Mais c'est la quadrature du cercle : il faudrait pour cela arrêter de canarder son prochain. Dans cette attente, je serre les dents, mais toujours moins que les fesses.

À l'avant de la course, Brêle a tourné en trombe dans la rue d'Aguesseau. Sauf un souci technique, moucheron dans l'œil ou punaise dans le sabot, elle ne peut plus être reprise. Toujours en chasse patate, Bidet est à la relance, mais la fringale le guette et les poursuivants lui sucent maintenant les fers rue Boissy d'Anglas.

Brêle a coupé la ligne, mais c'est revenu fort derrière : Bidet a trouvé son second souffle et réglé la poursuite au sprint. Informé par oreillette sur la tête de course, le gros du peloton s'est relevé. À l'arrière, c'est l'hécatombe : une dizaine d'attardés finira hors temps.

La Madeleine. Nous faisons halte devant un potager partagé, et nos coursiers sont payés de leurs efforts en topinambours biologiques. Bidet est hors d'haleine, ce qui, compte tenu de ses remontées acides, fleure la bonne nouvelle.

Jean-Mat' a écarté une taule interdisant l'accès au chantier du métrobranche, et nous jouons les filles de l'air sur l'échafaudage par une échelle métallique remontée à la barbe de la maréchaussée. Fiou !

Sur le toit de la Madeleine, Jean-Mat' est comme un gamin : parcours balisé, matériel sécurisé, file d'attente inexistante. Le rêve de tout accrobranchiste. Il rentre sa chemise cerise dans son pantalon cochon de lait, coiffe un casque, enfile un baudrier, et c'est parti !

Pont de singe jusqu'au Grand Palais, espaliers menant au Petit, filet serpent conduisant à l'Assemblée nationale, filins parallèles du côté des Invalides, bûches folles vers la Tour Montparnasse, via ferrata pour en faire le tour, étriers en direction de Saint-Sulpice, lianes de Tarzan qui nous portent à Notre-Dame...

Les gardes mobiles sont loin : connaissant le plan du métrobranche comme un auriculaire une oreille, Jean-Mat' les a semés aux quatre coins de Paris, empêtrés dans une échelle de corde à la Sainte-Chapelle, englués sur une toile d'araignée dans le coin de Montmartre ou ballottés par un trampoline géant au-dessus de Beaubourg.

Jean-Mat' garde le rythme : tyrolienne pour la Tour Saint Jacques (celle-là même du renforcement d'équipe), rondins à destination du Musée d'Orsay, anneaux désaxés autour du Louvre, balançoires démentes pour un retour à la Madeleine, avec descente en rappel sur le parvis. Après ça, il n'est plus que de demander asile.

Moi qui n'aurais pas misé une piécette sur un type qui présente le dos à la prime brise contraire, j'admets ici ma surprise : mon ancien écuyer s'est comporté en chevalier tout au long du parcours. L'adoubement vous change un homme. Au besoin, il m'a même porté à bout de bras. Ce fut l'occasion de moments forts et gênants, fort gênants surtout, de ceux qu'on n'oublie pas mais qu'on n'évoquera plus. Quand je me retourne pour lui signifier ma gratitude, il a disparu. Discrétion qui l'honore. Sa mission accomplie, il est à coup sûr rentré au bercail sans réclamer d'autres feuilles de lauriers que celles dont il parfume sa soupe aux légumes d'antan.

En notre absence, Brêle et Bidet ont terminé de se partager le potager. Puis Jean-Mat' a dû repartir sur sa jument, qu'il remettra à Jean-Claude, lui-même fort satisfait que le nom de Brêle demeure à jamais couvert de gloire et, par extension, la qualité de Belge.

Les cloches de la Madeleine sonnent douze coups. Nous sommes dimanche, la trêve de Dieu a débuté. Pour m'assurer une double protection, je tambourine à la porte de l'église. Divine Providence : un prêtre m'ouvre bientôt. J'embrasse ses chevilles en implorant asile.

Avant de s'engager trop avant, le curé veut m'entendre en confession. Je m'y plie de bonne grâce, joyeux à la perspective d'alléger ma conscience de péchés trop nombreux : bras d'honneur aux radars de la Zone 5, fussent-ils chevaleresques ; rapt de Bidet, fût-il picaresque ; propositions indécentes à Guerlaine, fussent-elles romanesques ; tentative de déposition du président, fût-elle grotesque.

Je lui conte mon histoire par le menu, je ne vous la refais pas, sauf quelques mots-clés pour vous remettre les traits saillants en mémoire : Biz&Buzz, tyrolienne, Fanny, licorne, coussin berlinois, Faucillon, illumination de Vincennes, panache, chevalier, écuyer, monture, armures, armoiries, trône, couronne, roncier géant, ravin sans fond, pont en dominos, sceptre, orbe, main de justice, dame de cœur, duel, armée, déposition, métrobranche, trêve de Dieu, asile.

Là-dessus, le prêtre me donne pour pénitence de l'attendre bien sagement dans le confessionnal, en récitant des patenôtres réparatrices. Lavé de mes fautes, je me lance le cœur pur dans une oraison jaculatoire.

Dehors, le faisceau d'un hélicoptère en vol stationnaire révèle tout à coup les vitraux : Caïn tuant Abel, Joseph vendu par ses frères, Judas comptant ses trente deniers. Dedans, la maréchaussée fait irruption, accueillie par le curé :
— Messieurs, voici l'homme. Faites votre office.

— Merci mon Père, la République vous doit une reconnaissance éternelle.

— Il m'a demandé l'asile. Sainte-Anne me paraît en effet l'endroit indiqué.

XIII. Donjon et plongeon

Je passe une tête entre les barreaux... Ça par exemple ! Ma bonne ville de Vincennes ! Au risque de tomber dans un trop-plein d'exaltation : quelle aubaine ! Vincennes, la cité aux mille labels : ville fleurie, ayant glané trois fleurs sur quatre possibles ! Ville internet, forte de quatre @ sur un maximum de cinq ! Ville d'Art et d'Histoire ! Ville amie des enfants, macaron remis par l'Unicef tout de même, c'est pas de la flûte !

Vincennes, c'est aussi la deuxième commune de France par la densité, 25 000 âmes au kilomètre carré, le tout sans perdre son esprit village, avec son marché biologique, ses zones apaisées, ses pistes pour cyclistes radieux et ses horodateurs solaires pour automobilistes aigris. Ancrage on ne peut plus rassurant pour le chevalier errant que je suis.

Non contente de m'avoir ramené dans ma localité d'adoption, la maréchaussée m'a logé au château. Touchante obligeance. N'y ai-je pas découvert mon ascendance chevalière ? Et puis, pour un restaurateur tel que moi, Vincennes, c'est du symbole en-veux-tu-en-voilà : les sculptures de dauphins y abondent, dans un style héraldique qui tient davantage du canidé, certes, mais que voulez-vous, au Moyen-Âge, les cétacés ne courent pas les séances de pose picturale.

Vincennes, c'est en outre six siècles de présence royale, remontant à Louis VII le Jeune (devenu le Pieux avec l'âge), qui fit dresser en 1150 un pavillon pour se remettre à la bonne flambée de ses hallalis dans la giboyeuse forêt de Vulcenia — *bois sacré* en gaulois.

Car les histoires de châteaux partent volontiers d'une bicoque à la campagne, la plupart du temps un rendez-vous de chasse qu'un caprice féodal ou royal vous change en palace. En ce sens, on peut penser ce qu'on veut des chasseurs, on leur doit malgré tout, entre autres merveilles, Versailles, Chambord et, donc, Vincennes.

Fils de Louis VII, Philippe Auguste érigea les lieux en résidence royale. Depuis, tous nos monarques jusqu'à Louis XV y ont passé au moins une tête — Louis XVI, voulant sauver la sienne en même temps que la finance, s'étant contenté de mettre le château en vente.

Outre les rois de France par paquets de dix, ses tours en auront vu défiler, du beau linge, les deux siècles passés. Vincennes, forteresse imprenable de Daumesnil, le sauveur de Bonaparte à Arcole, l'amputé de Wagram, bravant Prussiens et Russes pendant cinq mois avec deux-cents hommes ! Vincennes, geôle de Barbès, Blanqui et Raspail. Vincennes, tombeau de Mata Hari. Vincennes, prétoire des putschistes d'Alger et de Bastien-Thiry. Vincennes, témoin hiératique des premières scènes de Jean Rochefort, des premiers pas de Tony Parker ! Vincennes, cœur battant de l'Histoire !

Toujours soucieux de chausser les bottes de la grandeur, de Gaulle voulut y installer la présidence de la République. Projet avorté mais, comme depuis trois-quarts de siècle tout un chacun se croit le fils spirituel du Grand Charles, l'idée a fait son chemin, et le lieu est devenu le centre de gestion de crise de l'exécutif.

Avec la crise hydrographique en cours, le président s'y est donc retranché, traînant sans doute quelque part entre la salle Jupiter, d'où il peut commander au feu nucléaire, et son bureau qui jouxte la salle des Emblèmes, où sont conservés les drapeaux des régiments dissous. En serrant bien, j'y ferais non sans satisfaction une petite place pour celui de la République.

Sur la paroi de ma cellule, une gravure me renseigne sur le passé des lieux : *Mirabeau 1777-1780*. (Cette manie d'écrire sur les murs aussi : si les adultes ne montrent pas l'exemple, comment voulez-vous que les enfants le suivent ?).

Mirabeau, c'est un gars singulier. *Hercule de la Liberté*, selon le mot de l'Abbé Sieyès, et héraut de la Révolution depuis sa sortie bien troussée sur les baïonnettes, seules capables de disperser l'Assemblée constituante, il est l'auteur du préambule de la Déclaration des Droits de l'Homme, écrite pour mémoire *sous les auspices de l'Être suprême*, ça en jette à pas cher. On lui attribue également la paternité du drapeau tricolore.

Premier à entrer au Panthéon les pieds devant, il est aussi le premier à en sortir le pied au cul, peine républicaine aussi suprême que l'Être éponyme. Il y laisse sa niche encore chaude à Marat — lequel y crèche quatre petits mois, avant de rejoindre, toujours le pied au cul, son devancier de l'autre côté de la rue, à Saint-Étienne-du-Mont. En ces temps de fièvre jacobine, la mort elle-même n'est pas gage de repos, fût-on un saint républicain.

Le tort de Mirabeau : s'être fait payer en or sonnant et trébuchant ses discrets conseils à Louis XVI en vue d'établir une monarchie constitutionnelle, dont il espère être ministre, comme le confirmera la découverte en novembre 1792 de lettres compromettantes dans l'armoire de fer des Tuileries. Autrement dit : avoir trahi, en plus du roi, la Révolution. Soit tout le monde tout le temps.

Avec ça, adultère, libertin, vérolé, franc-maçon et perclus de dettes. Le bon gars. Dans une saine émulation doublée d'une promiscuité tumultueuse avec son voisin de chambrée, un marquis qualifié par d'aucuns de divin, il s'adonne au surplus à une littérature érotique qu'on peut qualifier de *crue*, mais aussi à des brûlots contre l'arbitraire royal. Preuve qu'offrir à un opposant du royaume l'oisiveté de la détention n'est pas toujours un bon calcul, à moins de le priver d'encre et de papier.

Voilà pour l'esprit de ma cellule. Mais avec tout ça, j'oubliais la question évidente : Vincennes, d'accord, mais pourquoi Vincennes ? On n'est plus au XVIIIe siècle. Pourquoi pas la Conciergerie ou Fort-Boyard, tant qu'on y est ?

Je réponds tout de suite à cette dernière question : la Conciergerie, ils l'ont rouverte un temps, mais des petits malins appelaient sans cesse pour qu'on leur commande des billets d'avion en classe affaires et qu'on porte leur costume chez le teinturier. Ils l'ont refermée aussi sec. Quant à Fort-Boyard, s'y mêle la raison d'État, la télévision publique y tournant sans contredit sa plus belle émission de divertissement.

Je réponds maintenant à la première question : Vincennes, d'accord, mais pourquoi Vincennes ? Faute de places dans les grandes centrales (Fleury-Mérogis, Fresnes, La Santé, Les Baumettes et tant de noms brillant au firmament des pénitenciers), les mieux conservées des prisons historiques ont récemment repris du service. Si la Bastille ou le Temple étaient toujours debout, nul doute qu'on m'y

193

aurait collé. Restait le donjon de Vincennes. D'autres questions ?

J'apprends que le président veut me voir. Ça me va : contrarié de l'avoir raté à l'Élysée, j'avais justement un élément important à porter à sa connaissance, à savoir sa déposition. Lui voudrait comprendre ce qui m'anime : comment un être avec deux bras, deux jambes et surtout une tête peut-il prôner une restauration en 2024 ?

Je l'attends dans ma cellule, encadré par deux matons moins férus de culture que de culturisme. Du moins se montrent-ils peu sensibles aux Hommes qui ont fait l'Histoire, avec des grands H partout, on ne lésine pas avec la gloire : j'ai beau les entreprendre sur François Ier, Panache et Bayard chargeant à Marignan, tant d'illustres noms dans une seule phrase ne font pas lever chez eux fût-ce un début d'intérêt. Ils sont décidément revenus de tout.

Nous sommes menottés, de sorte que tout grattage d'oreille ou curage de nez de ma part est cause d'une jolie chorégraphie à deux ou quatre mains, un genre de safari drosophile pas toujours en rythme, mais ça viendra avec le temps, on apprend encore à se connaître.

On s'en reparle après, car le président s'annonce. Il est plus petit qu'à la télévision, mais tout aussi chaleureux. La main gauche me caresse l'avant-bras, la droite me masse les trapèzes avec délicatesse. Ses paroles me donnent toutefois le sentiment d'être pris pour un garçonnet qui a fait une grosse bêtise, et auquel on veut faire promettre de ne pas recommencer.

— Alors comme ça, vous voulez renverser la République ?

Je dois en passer par le latin, expliquer que *res publica* signifie *chose publique*, expression en vogue sous la royauté pour dire le bien commun. Rappeler que république et démocratie ne sont en aucune façon synonymes, comme nous le rappelle plus qu'à son tour la république populaire de Chine. Que dans la Constitution de l'an XII, *le gouvernement de la République est confié à un empereur*, en l'occurrence Napoléon Ier. Pourquoi pas à un roi ?

En réponse, il est question d'un pacte républicain que j'aurais déchiré (à mon insu, ne l'ayant jamais signé ni tenu entre mes mains), et de respect dû aux Valeurs républicaines, Valeurs majuscules, comme on le constate à l'écrit, mais également à l'oral, aux trémolos dans la voix du président.

— À ce propos, monsieur le président déposé, puisque je vous tiens : sauriez-vous qui a accolé le premier les trois mots Liberté, Égalité et Fraternité pour en faire devise ?

C'est une question rhétorique, je connais la réponse : Robespierre. Maximilien, pas Augustin. Bon, en termes philosophiques, les deux frères étaient assez proches, mais Maximilien accuse un bilan humain joliment plus abouti. Juste pour situer : on parle de 100 000 morts en pas deux ans. Attention, l'Incorruptible ne prit personne en traître : la version complète de son cri de ralliement n'était-elle pas : *Liberté Égalité Fraternité ou la Mort* ? La Mort, pour le coup…

Toujours intéressant de comparer les mots aux actes. Surtout s'agissant de l'acte de naissance de la République. Plus gore que le baptême de Clovis, faut dire. Après, libre à chacun de préférer un régime surgi d'un océan de sang à un royaume jailli de l'eau lustrale un soir de Noël, pour le dire avec du poil à gratter.

Le président déposé me sort alors ce poncif sur la liberté des uns qui s'arrête où commence celle aux autres. Autant dire : chacun pour soi tant que je n'emmerde personne. Dans l'obligation de m'inscrire en faux, je me laisse emporter par ma fougue :

« Non, la société n'est pas une somme d'individus juxtaposés qui disposeraient chacun d'un morceau de liberté ! C'est bien plutôt une communauté dans laquelle chacun doit œuvrer à libérer autrui. Êtres de relations par essence, les hommes ne peuvent être libres qu'ensemble : ma liberté commence avec celle de mon prochain ! De même, quel prix accorder à l'Égalité, si elle est pensée comme un pré carré à défendre indépendamment de tout effort sur soi ? Croit-on qu'avoir mis la liberté et l'égalité au fronton des mairies et des écoles a changé le cœur des hommes ? Cuistrerie ! »

Yeux plissés, front froncé : le président paraît tendu, et je crains d'y être pour quelque chose. Sa main s'est crispée sur mon avant-bras, ses ongles me grifferaient presque les trapèzes. Personne n'a jamais dû lui parler sur ce ton. Ce qui ne m'empêche pas de poursuivre :

« La liberté et l'égalité érigées en absolus, c'est le message évangélique sans son fondement : l'amour du prochain ! C'est la charité faite contrat ! Que fais-je de ma liberté ? Que fais-je de notre égalité ? sont au fond les seules questions qui vaillent. Car la liberté et l'égalité ne sont pas des fins en elles-mêmes, mais des moyens relatifs au but qu'on leur assigne. Je suis libre d'ignorer mon voisin dans la misère, cela ordonne-t-il mon action au bien ? Être l'égal de mon prochain m'engage-t-il à me travailler chaque jour, instant après instant, dans le but de devenir un homme plus juste ? »

Ici, je laisse passer un soupir, imité en cela par le président, et reprends :

« Être libre et égal, certes. Mais avoir la justice chevillée au cœur ! Mais revêtir l'armure de la charité ! Tout cela se conquiert ! Car justice et charité sont des vertus et non des valeurs. Des qualités acquises par la conviction et la volonté. Un acte posé et reposé tout au long de la vie. Le lieu du progrès personnel. L'exercice concret du bien. On revendique la valeur. On pratique la vertu. On revendique la liberté et l'égalité. On pratique la justice et la charité. La valeur est de l'ordre de l'avoir. La vertu de l'être. On a des valeurs. On est vertueux. C'est pourquoi je propose de remplacer l'affichage des valeurs républicaines par l'exercice des vertus chevaleresques, l'autre nom de la charité selon Chesterton. Alors la liberté et l'égalité nous seront données par surcroît ! »

Au terme de ce que je considère comme ma plus grande performance intellectuelle jusqu'à ce jour, avec en point d'orgue ce petit développement pas piqué des vers sur les vertus et les valeurs, je vois le président me jeter un regard contristé. On y décèlerait même une larmichette. Mon sentiment est que, me concernant, il a renoncé.

Bon, c'est très beau cette envolée sur la Liberté, mais ça ne va pas me sortir de prison. Mon réconfort tient dans ma certitude qu'on pense à moi à l'extérieur : Jean-Mat' va débouler, oriflamme de Saint-Denis au poing, ça ne devrait pas tarder, il devrait déjà être là. Logé dans la plus haute cellule du plus haut donjon d'Europe (pas de susceptibilité épidermique, lecteur de Crest dans la Drôme, je précise dare-dare que la tour de ton chef-lieu de canton est annoncée à même altitude), je jouis d'un point de vue superbe sur les environs. Mais en dépit de ce panorama, je ne vois rien venir, que l'eau qui ondoie et l'évasion qui merdoie.

Car oui, la pluie tombe toujours. Le zouave a rendu l'âme au chapitre précédent. Mi-août ! Cette fois, c'en est trop : que ceux qui nient le changement climatique avancent d'un pas. Mettent les mains en l'air. Prononcent une ultime parole pour l'Histoire. Et emportent leur haine de la vérité dans la tombe.

Face à cette météo inclémente, j'emploie mes journées à lire les lettres de Michel Grandjean, du Centre automatisé de constatation des infractions routières de Rennes. Celles d'Yvette Pébeyre aussi, l'œil de Versailleux. Et je médite les pensées confiées au mur par d'anciens occupants, entre un pénis stylisé mais reconnaissable tout de même, et un *merde à celui qui lira*.

Je me laisse aller moi-même à quelques distiques. En variant le ton : Désenchanté : Il vaudrait mieux que je crève / Demain en place de Grève. Pugnace : Il n'est pas né le geôlier / Qui me mettra un collier.

Historique : Louis XVI a perdu son royaume / Dans la salle du jeu de paume. Tragique : Et moi, je suis sorti de scène / À l'heure où y entrait la Seine.

À des moments, je me dis que je suis mieux dedans que dehors sous le déluge. À d'autres, que je perds mon temps en ces murs, ne nourrissant passion ni talent pour l'écriture de romans pénitentiaires centrés sur l'inceste, le viol ou la pédophilie, comme certains de mes devanciers, mais je commence à radoter, il est grand temps de se faire la belle.

Jean-Mat' rencontrant selon toute vraisemblance des difficultés dans son entreprise de sauvetage, j'échafaude des scénarios d'évasion. Je pense d'abord imiter Latude, célèbre captif du XVIIIe siècle, qui gagna sa liberté à la petite cuillère. Incontestable, puisque ses *Mémoires authentiques* rédigées dans son cachot sur de la mie écrasée, une arête de poisson pour plume et son sang pour encre, le relatent. Mais mon glorieux aîné devait croupir aux oubliettes, où il est bien aisé de creuser un tunnel, tandis que dans les étages, c'est moins évident. D'autant qu'ici, de cuillère, point.

Pourquoi diable n'a-t-on pas installé une jolie petite tyrolienne ascensionnelle à virages entre le donjon de Vincennes et le Stade de France ? — Je dis le Stade de France, parce qu'il accueillera tout à l'heure la cérémonie d'ouverture des Jeux olympiques, et j'aurais aimé en être.

Autre idée : me glisser par la meurtrière de cinq centimètres. Je rentre le ventre, les fesses, met la tête de profil, à l'égyptienne, mais cinq centimètres, quand même, faut pas un cerveau épais, sans parler du reste. Je dois trouver autre chose.

À peine l'idée m'est-elle venue de mettre à profit une mêlée de rugby au-dessus d'une plaque d'égout, que les obstacles se dressent : où trouver trente joueurs ? Et un terrain avec une bouche d'égout ? Même avec ça, la crue de la Seine aidant, les canalisations débordent : la seule chose que je vais réussir, c'est ma noyade.

Voici que ça toque à mon huis. « Votre dame », m'annonce-t-on. Guerlaine ! Comment ai-je pu l'oublier ? C'est pourtant bien connu : quand ça se tend, on ne peut compter que sur les femmes. La directrice du Bonheur me l'apporte à domicile, hennin en tête, poulaines aux pieds.

La porte close sur nos retrouvailles, elle se déshabille de pied en cape, ce qui inclut sa robe médiévale à lacets, sexy en diable ! Il faut le croire : le repris de justice excite la femme. J'entrevois des perspectives nouvelles, de folles aventures au cœur de contrées inexplorées. Baste de l'amour chaste !

Ni une ni deux, Guerlaine m'ordonne d'enfiler ses frusques, cependant qu'elle passe les miennes. Il m'en coûte de lui céder mon panache, mais reconnaissons que son plan n'en manque pas : elle va se laisser enfermer à ma place ! Plan moins charnel qu'attendu, mais hardi au point que je tiens à adouber ma dame sur place.

D'après elle, on n'a pas le temps, on verra ça plus tard. Je ne cache pas ma déconvenue. Guerlaine me console d'un pinçon sur la joue. L'amour courtois s'encanaille. Puis elle me pousse vers la sortie.

Je n'aurais pas cru la chose aussi simple. Si je soutiens avec grâce le hennin à voilette, il faut reconnaître que mon geôlier n'est pas physionomiste. Précisons qu'un écran retransmettant l'ouverture des Jeux olympiques capte son attention. Sans détourner les yeux du téléviseur, il me désigne l'escalier de la main. Puis me la met aux fesses.

Je descends les marches d'un pas voluptueux au dernier degré quand, parvenu au premier étage, mon intuition toute féminine me déroute vers la passerelle du châtelet. Celui-ci ceinture le donjon d'un chemin de ronde fortifié, flanqué d'une tour maîtresse. Au faîte de cette dernière, une terrasse couronnée d'un campanile de poche portant sa cloche.

La terrasse domine le fossé. Il pleut à ce point qu'il s'est changé en douve, ce qui me donne l'idée du grand plongeon. Ou plutôt du grand plouf, ça bruite mieux la réalité. Un beau petit saut de vingt mètres.

Petit, le plongeoir du trois mètres à la piscine, j'avais tergiversé deux heures au bout, avant d'être poussé par un mauvais plaisant. Là c'est la marche au-dessus. Une très grosse marche de dix-sept mètres, du genre qu'on monte avec de très grandes jambes.

Je refais l'enchaînement dans ma tête : il est prévu de m'élancer dos à la douve, en équilibre sur les orteils, par un saut renversé carpé, d'enchaîner sur un double salto et de conclure en vrille afin de favoriser mon coefficient de pénétration dans l'élément liquide (et de prouver aux plus dubitatifs mon approche scientifique du problème).

Ensuite, il s'agira d'enchaîner un formidable sous-l'eau jusqu'au mur d'enceinte, faire remonter le long d'icelui des souvenirs de varappe, suivre la voie ouverte par le duc de beaufort, petit fils d'Henri IV échappé du donjon en 1645, enfiler les avenues Carnot et du Général de Gaulle d'une longue coulée subaquatique, traverser l'avenue de Paris, prendre en face l'avenue de Montreuil, reprendre ma respiration, tourner à main gauche dans la rue Jean Moulin, croiser la rue d'Estienne d'Orves, prolonger jusqu'à l'avenue de la République (qui le reste pour quelques heures encore), avenue qu'il faudra emprunter jusqu'au numéro 5, composer le code d'entrée A7594, user de ma clé électromagnétique et, parvenu à l'intérieur de l'immeuble, trouver le meilleur moyen de me rendre au 6e, nage, escalier, ascenseur ou autre.

Place à l'action. J'ai juste deux trois détails à régler, comme apprendre à nager. Mais c'est à l'image de l'écriture d'un livre : s'il est bon de partir avec un plan, une part d'improvisation favorise la créativité. Pour un peu, je vais me découvrir une connaissance innée de la nage indienne, une science infuse de petit chien ou une intelligence kinesthésique de crapaud. Pour un peu.

Avant toute chose, ma prostate me renvoie à la précaution d'usage. La pression de l'événement sans doute. En mâle posture, j'assouvis ma volonté de puissance du sommet du campanile.

Choix funeste : d'abord parce que je dépose mon obole sur la stèle dédiée au duc d'Enghien, cousin de Louis XVI fusillé dans le fossé par Napoléon pour avoir fomenté une restauration — stèle sous-marine à cette heure, ma faute en est atténuée, mais ça fait tache quand même.

Surtout, un gondolier passant par là montre une capacité d'analyse sûre en déduisant de la scène que je suis un homme déguisé en femme, et me lance ce trait éculé : « Confisqué, ce que tu tiens entre tes mains ! » Pas le temps de terminer. Ma couverture éventée, la panique me prend, je m'empêtre les pieds dans ma robe d'elfe et tombe dans le vide.

Je me rattrape in extremis à la corde commandant la cloche, laquelle se met à sonner le tocsin en cadence avec mes balancements au-dessus de la douve, alertant tout ce que le château compte de geôliers, matons, pandores, sentinelles, vigiles et autres cerbères. Plus le temps de tirer des plans : je me jette à l'eau. J'ai bien fait de laisser place à l'improvisation.

Si tout baigne, je serai à l'heure pour la cérémonie d'ouverture.

XIV. Montjoie ! Saint-Denis !

Devant moi, une gigantesque soucoupe oblongue, assujettie au sol par une théorie de barres d'acier : le Stade de France, temple du sport national, 80 000 places, et pas une pour moi. De ruse ou de force, il me faut néanmoins entrer. Par amour des joutes et tournois, bien sûr. S'y mêle aussi l'intuition que ma place de chevalier est ici.

Bidet voudrait me faire sauter la grille sur son dos, mais il néglige un détail : ses pattes sont hautes d'un tiers de mètre, quand la grille en fait trois. Je repousse son offre tout net, ce qui vexe le compétiteur en lui, et il me fait son regard de poney battu.

Je l'ai retrouvé un peu plus tôt sur le seuil de mon deux-pièces, mâchant avec conscience le paillasson et crevant de soif malgré le déluge des derniers jours. Une fidélité de chien abandonné sur la route des vacances, capable de couvrir des centaines de kilomètres pour revenir tarauder la conscience de son maître. La veuve du 8e a dû lui ouvrir.

En fin de compte, mon évasion s'est passée sans accroc. Y a même manqué ce soupçon de créativité dont je vous entretenais, si bien que vous en peindre les détails serait d'un intérêt nul. Sachez simplement qu'elle a bénéficié du relâchement ponctuel de la sécurité, cérémonie d'ouverture oblige. Difficile pour un geôlier d'être à la fois à son poste et devant.

La cloche ? Ils ont pensé qu'elle sonnait la grand-messe olympique. J'ai moi-même pu m'y rendre en triathlon : à pied, à poney, en nage du petit chien, en communion de corps et d'esprit avec les 17 000 sportifs du monde réunis pour une quinzaine à la Plaine Saint-Denis.

Saint-Denis, je l'ai abordée par le quartier de la Montjoie. *Montjoie ! Saint Denis !* Le cri de ralliement des Capétiens ! Il faut être en état de mort cérébrale pour ne pas voir dans la toponymie une nouvelle lorgnade de la Providence, ça en devient grossier.

Saint Denis, premier évêque de Lutèce, décapité sous Valérien, ce qui nous met au IIIe siècle, sur le Mont des Martyrs, c'est-à-dire Montmartre. Le prélat se serait alors pris la tête à deux mains (ou sous le bras, telle une baguette parisienne) et aurait poussé jusqu'au lieu de l'actuelle basilique, devenue nécropole royale en 639, à la mort du bon Dagobert, celui-là même de la chanson.

On le comprend : la ville sentait trop fort l'alliance du trône et de l'autel, du sceptre et du goupillon, de la couronne et de la calotte au goût de la Convention. Et l'histoire du saint pouvait susciter un rapprochement inopportun entre la décollation des premiers Chrétiens au glaive, et celle des ci-devant au rasoir national. Entre 1793 et 1800, la commune fut donc rebaptisée (pour ainsi dire) Franciade, petit nom exhalant sa poésie républicaine, et complétant avec agrément l'inventaire bucolique des brumaire, pluviôse, germinal et autre thermidor. C'est vrai qu'ensuite les choses ont perdu en légèreté.

Il me faut ici évoquer Barère, le chantre, l'Anacréon de la guillotine. Avocat et gascon, ce qui aurait dû nous prévenir doublement contre les effets de manche, il prêche à la Convention des mesures claires et fortes : l'extermination de la Vendée, l'exécution de tous les prisonniers de guerre et, pour fêter dignement le premier anniversaire de la chute de la monarchie, une petite virée dans les caveaux de la basilique Saint-Denis.

Officiellement, il s'agira de fondre des balles avec le plomb des cercueils. Louable effort d'économie circulaire, mais de là à tout défoncer à la masse, balancer plus de 170 corps à la fosse, dont 46 rois et 32 reines, de les recouvrir de chaux vive pour en accélérer la putréfaction, non sans avoir prélevé en loucedé quelques os, dents, ongles et cheveux pour le marché aux souvenirs…

Autre joli pied-de-nez à l'Ancien Régime : avoir exhumé Sophie de France, morte en 1787 à pas un an, ainsi que son frère Louis-Joseph, décédé aux premiers jours de la Révolution, et guillotiné le même jour leur maman, laquelle répondait au prénom composé de Marie-Antoinette.

On est content pour Barère d'apprendre qu'il mourra un demi-siècle plus tard dans ses chaussons de conseiller général de Tarbes.

Mais pardonnez-moi, je m'égare complet. C'est que les lieux vibrent, les pierres crient, les esprits les hantent et moi, je ne parviens pas à la fermer. Revenons-en plutôt à nos Jeux, c'est moins anxiogène.

Paris 2024 a choisi de mettre trois valeurs à l'honneur. Dans l'ordre alphabétique, pour n'en froisser aucune : l'Amitié entre les peuples — même si on ne serait pas mécontent de faire la nique, encore et toujours par ordre alphabétique, aux Belges, Boches, Bougnouls, Chintocs, Hispingouins, Niakwés, Polaks, Portos, Popovs, Ricains, Ritals, Rosbifs et à quiconque viendrait avec l'intention de nous bouffer les médailles sur le dos.

Seconde valeur : l'Excellence, et ce en dépit de l'engorgement chronique des toilettes du village olympique.

Troisième enfin car, à l'instar de celles de la République, les valeurs olympiques sont trinitaires : le Respect. Un bon signal eût été de commencer par respecter le budget prévisionnel. Mais j'arrête là avant d'être pris pour pisse-froid (moins douloureux toutefois que d'être pris de chaude-pisse).

Malgré mon respect pour les stadiers, il va me falloir investir l'enceinte contre leur gré. Préjugeant de ses forces, Bidet me jette toujours son regard de poney suppliant, oreilles tombantes et queue basse. Tirant les conséquences de la situation bloquée, j'accepte de reconsidérer l'option du saut de la mort.

Je lui accorde une chance et une seule. S'il se rate, c'est retour manu militari au lac Daumesnil, à jouer les promène-morveux. Menace plus dissuasive que l'arme nucléaire car, en l'espèce, il a trop pris goût à nos chevauchées fantastiques pour trimbaler à nouveau des gamines de cinq ans sur son dos toute la sainte journée, en tête-à-cul avec Choupette la ponette.

J'éperonne donc Bidet, qui s'élance tous jarrets bandés vers l'objectif. Hélas ! Il s'entrave les sabots dans ma robe, ou peut-être dans le voile de mon hennin, ou encore dans la pointe de ma poulaine, et s'étale les quatre fers en l'air. Sous le choc, je vide les étriers, suis projeté dans le ciel, donne un coup de pied à la lune, décris un soleil parfait et atterris la tête dans les étoiles de l'autre côté de la grille.

Les stadiers se précipitent à mon encontre, laissant les portillons dégarnis. Brèche qui n'échappe pas, sous sa mèche, à l'œil alerte de Bidet. Piqué au vif par son semi-échec, il se relance avec promptitude et, changeant son fusil d'épaule, passe haut la tête sous la barre du tourniquet.

Cette étape franchie, mon destrier prend l'intervalle entre deux stadiers pourtant décidés à le fouiller au corps, gagne la tribune basse, en dévale les gradins aussi vite que le permettent ses moignons de pattes et, emballé, s'envole par-dessus la barrière condamnant l'accès à la piste, antérieurs fendant l'air, postérieurs pour gouvernail, figé dans un bond interminable qui inspirerait volontiers au poète une formule impérissable, *Ô temps, suspends ton vol* ou quelque chose de plus moderne dans la forme, mais d'approchant dans le fond.

Progressant au cœur de la foule, je suis moi-même parvenu à la tribune basse, et m'apprête à suivre la voie ouverte par Bidet dans le ciel du Stade de France lorsque, paralysé par l'enjeu des grands rendez-vous, je fais un refus d'obstacle, ça arrive aux meilleurs. Je veux ma maman. À tout le moins ma maison, mais rien en-deçà.

Il pleut toujours à seaux. Je suis piteux, robe collée aux seins, poulaines gorgées d'eau, moustache qui pleure, hennin impuissant à me protéger des caprices du ciel. On comprend que pareil couvre-chef n'ait pas passé le Moyen-Âge.

Turlututu ! Mon chapeau pointu a trahi ma présence, et les stadiers fondent déjà sur moi, leurs regards exprimant des envies de revanche. Acculé, je m'empare d'un mât pavoisé d'argent semé de cinq cercles entremêlés aux couleurs variées : sinople, azur, gueules, sable et or. Les armoiries olympiques, quoi.

Ayant craché dans mes paumes, j'empoigne cette hampe par un bout, comme je l'ai vu faire à la télévision, charge en l'abaissant par degrés, prends appui au pied de la barrière dont je triomphe avec une marge qui m'autorise à nourrir de grands espoirs pour le concours à venir, si toutefois l'épreuve est reconnue discipline olympique.

Bidet ajuste la position pour se trouver sous le point d'impact, si bien que j'atterris en selle. La hampe à la hanche, telle la lance au côté, j'entre en lice.

Or, il advient que, parmi les deux-cents délégations défilant sur la piste, se trouve un important contingent chinois flanqué d'un dragon. Qui d'autre qu'un chevalier pour libérer le monde d'un tel fléau ? Mon intuition était bonne : j'ai tout à faire ici. Je le dois surtout à Guerlaine, qui s'est livrée pour moi. Je charge donc avec une fougue inédite dans les romans de chevalerie, déchirant le dragon de part en part, faisant fuir comme d'une fourmilière inondée tous les petits Chinois qui lui tenaient lieu de pattes. En un instant, la bête gît au sol, désarticulée, occise. Je démonte et pose un pied vainqueur sur sa gueule. Le monde est désormais plus sûr.

Je cherche alors du regard la princesse à délivrer, qui ne doit pas manquer de traîner dans le coin quand, par un de ces soubresauts imprévisibles de l'Histoire, tous ceux qui ont une dent contre moi se liguent pour me prendre en chasse : une armée de petits Chinois ; une cohorte de stadiers; une légion de clones du Chevalier Noir, avec leur chiffre *CRS* sur la poitrine ; mais aussi une foultitude de gens qu'on n'a pas vu venir, et qui ourdissaient leur vengeance et fourbissaient leurs armes depuis un bail : l'administrateur du zoo de Vincennes ; le propriétaire des Poneys Express ; le trésorier de la communauté de communes de la Dombes, agitant une injonction de payer le remplacement d'une cuvette de toilettes publiques à Versailleux, sans même s'honorer que ladite cuvette soit destinée à accueillir un royal séant ; Jean-Claude, notre belge de

Bouillon, pour le prétendu vol d'un gratte-dos, d'une baballe et d'un os qui fait pouic-pouic...

Comment sont-ils tous arrivés là, prêts à me ratonner sur la pelouse ? Il faut croire que le ressentiment rend démerdard.

Les chiens sont lâchés, je suis aux abois, c'est l'hallali, la curée ou tout autre terme cynégétique qui vous plaira.

Bidet, qui broutait à la fraîche l'herbe du stade, grasse à souhait, comprend que le dessert attendra : pattes au cou, il s'engage sans demander son reste sur le parcours équestre qui jalonne la pelouse olympique, enchaînant les obstacles sans faire trembler une barre ni baisser de rythme. Il sera difficile pour la concurrence d'aller le chercher.

Peu sensibles aux règles notre sport, moins encore à sa beauté, nos poursuivants foncent droit à la dernière haie, et me mettent la main au collet. Les plus vindicatifs, au nombre desquels Jean-Claude, m'arrachent robe, hennin et poulaines, notre ami belge nourrissant le vain espoir d'y retrouver, dans l'écho d'un pouic-pouic familier, ce qu'il estime sa propriété inaliénable.

À l'image du roi d'Andersen, je suis nu — cette affirmation n'étant pas ici un lieu commun de gazetier, mais le fruit d'une observation attentive de la scène, car si tu as bien suivi, lecteur, pour la troisième fois de cette histoire, je suis dépouillé de toute matière textile.

La restauration s'abîme pour de bon dans le ridicule d'un final de vaudeville. Je me sentirais presque l'incarnation d'un président de la République pris la main dans le sac, la tête dans le casque et la quéquette dans la braguette, pour en évoquer un au hasard, qui se distingua toutefois par sa constance dans la médiocrité. Ce, même si l'analogie a ses limites : dans mon cas, un heaume empanaché m'aurait selon toute hypothèse permis de sauver la face.

Tout est perdu, honneur compris.

Il me faut ici prendre le temps d'adresser ma gratitude à la grande ordonnatrice de la cérémonie d'ouverture, qui est en outre maire de Paris — maire ou mairesse, ce débat est d'un ennui...

Ennui qui n'est pas sans faire écho à celui qu'éprouve en ce moment le public du Stade de France, souffrant depuis quatre heures une ode dansante à l'amitié universelle poussée par une personne de voix suraigüe et ambigüe, qu'on dirait d'un genre fluide.

Il n'en reste pas moins que pareil spectacle a beaucoup pour lui : comédiens secoués de spasmes, convulsions et hauts-le-cœur quand il s'agit d'évoquer la haine entre les peuples, et mimant des ébats pour exprimer l'amitié recouvrée sous le patronage olympique.

Une idée de la mairie, donc, cette ode dansante, et je ne l'en remercierai jamais assez car, en comparaison, les spectateurs prisent le vaudeville joué à mon corps défendant, et qu'on pourrait tout aussi bien inscrire dans la grande tradition du film de cape et d'épée à la française, avec en prime un zeste d'esprit gaulois.

Je comprends à leurs doigts pointés que certains m'ont reconnu sur les écrans géants. Bien que brièvement, ils m'ont vu en direct du petit salon mignon de l'Élysée il n'y a pas huit jours. En découle une forme de tendresse pour votre serviteur : en France, on aime les perdants magnifiques.

Avant peu, le nom de Panache vole de bouche en bouche, saute de travée en travée, boucle un premier tour de stade dans un murmure, un deuxième dans un bourdonnement. Au troisième, c'est une clameur irrépressible, poussée par un peuple debout.

À cet appel, il se passe quelque chose sur la piste : une partie de la délégation française a cassé le protocole et quitté le défilé pour se diriger au pas de course vers Bidet et moi. Ils sont là, mes fidèles grognards ! Archers, épéistes, fleurettistes et sabreurs, tous ressortissants de la Seigneurie de l'Insep ! Sans oublier les jockeys.

Le combat s'engage à l'arme blanche contre les Chevaliers Noirs, au corps à corps contre les stadiers, pendant que les archers m'extirpent vite et bien des mains baladeuses de Jean-Claude, du gars du zoo, du type de la Dombes et du mec des poneys.

Le porte-étendard de l'équipe de France olympique me répète non sans lourdeur : « *Panache, gardez-vous à droite ; Panache, gardez-vous à gauche* ». Comme si j'étais miro complet... Mais j'admets que ça part d'un bon sentiment.

Chevaliers Noirs et stadiers se font une raison : on ne va tout de même pas mettre aux fers la moitié de la délégation nationale olympique un jour de cérémonie d'ouverture. Devant trois milliards de téléspectateurs, ça ferait mauvais genre, la Corée du Nord pourrait en faire des gorges chaudes, l'Arabie Saoudite s'en repaître.

Seul Jean-Claude n'en démord pas, et poursuit son exploration corporelle de ma personne. Mais notre ami belge a beau me fouiller autant qu'il est permis et même au-delà, il devient obvie que je ne cache baballe, nonos ni gratte-dos. Et le combat cesse faute de pouic-pouic.

XV. Parc des Rois

Quand j'ai vu un type pendu au filin tendu dans la largeur du stade, d'un toit à l'autre, j'ai tout de suite su que c'était Jean-Mat'. Il s'est accroché à la caméra gyrostabilisée, à l'aplomb de la pelouse. Forcément, ça a tangué à l'écran. Un effet tempête en mer très réussi, parachevé par un essorage de lave-linge. Digne du meilleur manège de la Foire du Trône. Devant les écrans géants ou les petites lucarnes, les cœurs mal accrochés n'ont pas résisté.

Est-ce d'avoir été adoubé ? Sans casque, harnais, poulie ni mousqueton, Jean-Mat' a vaincu le vertige. Effacé l'effroi sans fin du ravin sans fond.

Il a pris pied en surplomb de la loge présidentielle, sur la verrière qui couronne le stade. Chevaleresque. Quoique parfaitement dispensable : le patron aurait tout aussi bien pu faire le tour des tribunes à pied.

Il n'est plus visible à l'heure où je vous parle, mais je sens qu'il va encore nous étonner.

En bas, nous sommes entrés dans une mélasse temporelle : mon armée et celle de la République se regardent dans le blanc des yeux, balançant entre cessation des hostilités et nouvel engagement. Le chef des Chevaliers Noirs attend des consignes qui ne viennent pas.

La cellule de sécurité a été prise de court par l'intervention des archers et des escrimeurs, le cas de figure n'a pas été travaillé à l'entraînement, l'époque est davantage à la menace terroriste. Les attentats, c'est carré : les responsabilités sont bien établies, les *bad guys* clairement identifiés. Mais dans notre cas, il ne faudrait pas courir le risque de faire passer la police française pour la méchante de l'histoire.

Jean-Mat', et j'écris sous son contrôle, a ressenti le besoin de se rendre là où le roi va seul (encore que, s'agissant de Louis XIV, cette assertion mérite d'être nuancée). Il s'est mis par conséquent en quête de vespasiennes que jamais il n'atteindra.

Rattrapé, dépassé par son envie, il pousse la première porte venue, celle d'une sortie de secours. Derrière, un escalier qu'il emprunte. Une nouvelle porte en bas, qui s'ouvre dans un renfoncement de la loge présidentielle. Une brochette de chefs d'États lui tourne le dos, abîmés dans la contemplation un rien libidineuse de mon anatomie. Certains ont même sorti leurs jumelles.

L'occasion est belle. Mais faire les choses dans l'ordre : se soulager d'abord, à la faveur de ce petit coin. Car il se connaît bien, Jean-Mat' : se retenir trop longtemps le rend impulsif, irascible, il risquerait de mal parler au président.

De son recoin sombre, le patron entend tout des interrogations présidentielles : comment Panache s'est-il évadé de Vincennes ? Comment Bidet et lui sont-ils entrés dans le stade ? Comment a-t-il convaincu les équipes de France d'escrime, de tir à l'arc et d'équitation de prendre fait et cause pour lui ? Comment ? Comment ? Comment ? Et aussi : pourquoi ?

Précisément, ces mémoires répondant à toutes ces questions, je me ferai un plaisir d'en offrir un exemplaire dédicacé au président déposé, si toutefois il se manifeste à moi du fond de la pampa argentine, du bush australien ou de tout lieu où il serait fixé aujourd'hui, notre républicain en chef ayant quitté libre le Stade de France.

J'en reviens à Jean-Mat', qui voit clairement à la tête de l'État un visage désemparé. Celui d'un homme qui ne comprend pas pourquoi de nos jours les escrimeurs se prennent pour des mousquetaires, les jockeys pour des chevaliers, les archers pour la garde rapprochée d'un type à poil monté sur un poney nain fier comme un palefroi.

Le patron sent qu'une pichenette suffirait à mettre l'édifice à bas. Une inspiration providentielle lui est alors donnée : la communication ! Il me faut gagner la bataille de la communication ! Ça tombe bien, c'est mon métier ! Eurêka ! Je suis génial !

Il réapparaît en bord de piste, d'où l'orateur du stade lance des appels au calme. Une approche perfide plutôt qu'intrépide, dos au speaker et face au vent, lui offre de s'emparer du micro sans coup subir. Et d'inviter, avant de se faire plaquer au sol avec une grande violence, le public à rallier le chevalier Panache. Après ça, il ramassera son nez à la paille.

Avec une brochette de cinquante présidents, premiers ministres, rois et reines sur place, deux mille journalistes présents, 80 000 personnes en tribunes et trois milliards devant leur écran, en termes de communication, Jean-Mat' a fait le boulot.

Dans l'imagerie populaire, Saint-Denis est à la fois le tombeau des rois de France et le berceau des caïds de banlieue. Mariage de la carpe et du lapin, ou plutôt cadavre exquis, pour prendre une expression entrant mieux en résonance avec les dépouilles locales, qu'elles soient royales ou le fruit, si ça tombe, d'un règlement de compte.

Alors bien sûr, il n'est pas que les Dionysiens[12] : habitants d'Argenteuil, Aubervilliers, Épinay, de Bobigny, La Courneuve, Saint-Ouen, Sevran ou Stains : eux aussi savent se rappeler de temps à autre au bon souvenir des gardiens de la paix ou des soldats du feu, offrant de beaux clichés à la gent échotière.

On peut parler sans trop de pincettes de quartiers chauds, l'indice de chaleur tenant moins au climat océanique dégradé de type parisien ou aux mœurs sexuelles des autochtones qu'aux voitures incendiées comme on tire des feux d'artifice, des fusées de détresse peut-être. Sinon, on a aussi le droit de dire quartiers sensibles, moins au sens de *sentimentaux* que de *susceptibles*. En clair : hautement inflammables.

Or, des Jeux olympiques, ça reste un moment idéal pour allumer des feux, ça réchauffe, ça éloigne les loups, c'est festif, on y grille des chamallows, ça fait chanter l'âme humaine, et toutes les caméras du monde sont braquées sur vous, le quart d'heure warholien est assuré.

---

[12] Habitants de Saint-Denis.

Cet état de fait, le Séquano-Dionysien[13] moyen le comprend d'instinct : en cette première nuit olympique, les abords du Stade de France sont le lieu de flambées magnifiques qui se reflètent dans les visières des Chevaliers Noirs et illuminent des tirs parfaitement tendus de boules de pétanques, des marteaux impeccablement lancés, des coups de battes de base-ball magistraux, aussitôt suivis d'home-runs, avec des pointes de vitesse inouïes chez des amateurs. Bref, il y a du sport, on est pile-poil dans le « plus vite, plus haut, plus fort » de Pierre de Coubertin, et ça, c'est déjà une victoire.

C'est donc le dawa dans le 9-3, on compte à ce stade vingt blessés partout entre les forces de l'ordre et celles du désordre, avec une belle opposition de styles.

Dans l'enceinte sportive, l'agitation s'est emparée du virage nord, là même où sont parqués les lycéens de Seine-Saint-Denis invités par le Conseil Général à cette grand-messe du vivre-ensemble. Ils ont quoi ? Quinze ans pour les plus scolaires, vingt pour les décrocheurs.

Parmi eux, des bons gars et d'autres ayant montré par le passé un esprit réactionnaire excessif, j'irai jusqu'à contre-révolutionnaire, sifflant plutôt que sifflotant *La Marseillaise*, commentant avec vulgarité le décolleté de Marianne, palliant une pénurie de papier toilette grâce au drapeau tricolore, complétant le panneau *Gymnase Danton* d'un *Q* à la

---

[13] Habitant de Seine-Saint-Denis.

bombe de peinture, fêtant le 14 juillet par des lancers de cocktails Molotov. Et réchauffant leurs Saint-Sylvestre à des feux de voitures, mais là, ça n'a plus grand-chose à voir avec la Contre-Révolution.

La pelouse, les plus mutins l'ont déjà foulée à la fin des matchs de football. Ce soir, ce sont les premiers à enjamber les barrières. Les stadiers, pour une part, ce sont leurs grands frères, leurs cousins, leurs poteaux. Ils ont tôt fait de les laisser passer.

Nos lycéens sont cinq-cents ou mille, mais derrière, c'est un stade à l'unisson qui se lève et déferle. Ces enfants d'une République dont ils ne voulaient pas pour mère, ces enfants entraînent dans leur sillage une charge héroïque comme en ont connu Bouvines, Marignan et Eylau. Une charge désarmée, une charge de libération. La charge des humbles et des oubliés, des pauvres et des petites gens.

Quoi d'étonnant, sous une République qui passe son temps à magnifier la belle, la grande, la sacro-sainte Révolution — un ancien président n'est-il pas allé jusqu'à lui offrir le titre de son livre-programme ? Pour être exact, plus que de révolution, tour complet qui vous ramène à votre point de départ (à en perdre la tête), il faudrait ici parler de conversion, telle celle qui fixe au skieur le cap nouveau.

Dehors, le téléphone arabe fait le reste. Premiers alertés, les livreurs d'Heure Soup', les caissières de Prim'heure, les manutentionnaires de Boboprix et les naturistes du bois de Vincennes empêchent l'arrivée de renforts policiers et laissent passer les autres.

Les portes du Stade de France sont à l'abandon, il n'est que de sauter le tourniquet, traverser les tribunes basses, escalader les barrières de protection, et cette jeunesse qui en décousaient dehors avec les Chevaliers Noirs fraternisent avec eux sur la pelouse. Les gradins délaissés, c'est tout un peuple qui accourt pour me dégager et me revêtir, à défaut de la pourpre, du drapeau aux cinq anneaux. Pour me porter en triomphe de bras en bras jusqu'au podium olympique. Pour me poser sur la plus haute marche. On est sorti de la blague potache ou du monôme. On est entré dans l'Histoire.

D'une main souveraine dont je suis le premier surpris (et qui me pousse à vérifier qu'elle est bien le prolongement de mon bras), j'obtiens le silence. Et prononce une apostrophe qui marquera pour l'historiographie l'instant fondateur de la réconciliation du peuple avec son élite.

En entrée, je lui sers ma salade bien huilée sur les vertus chevaleresques, ce don de soi combien plus nécessaire à la vie commune que les valeurs républicaines, lesquelles sont autant d'avoirs sur une société désincarnée et désâmée qui a substitué le droit à la charité, la créance à l'acte gratuit, le dû au don.

S'ensuit un silence de cathédrale (même si l'expression, aussi consacrée soit-elle, est boiteuse pour quiconque a eu l'heur d'assister à un concert d'orgues à faire trembler les voûtes et éclater les vitraux d'un de ces sanctuaires gothiques dont la France a le secret). Il me faut réchauffer l'ambiance au plus vite, à défaut de quoi la restauration risque de finir, pire encore qu'en eau de boudin, en brouet d'andouilles.

J'émets alors un : *Bonsoir Saint-Denis ! Est-ce que vous êtes bien ?... J'entends rien ! Plus fort Saint-Denis ! Est-ce que vous êtes là !?*

Ça y est, ça répond. Je les tiens. J'enchaîne avec ce nouveau développement philosophique : *Peuple de France qui m'a rendu ma dignité textile, j'ai une requête à te faire. Nous nous trouvons ici dans un stade situé à deux pas de la basilique Saint-Denis, nécropole des rois de France, un stade qui est par ses dimensions le père du Parc des Princes. Eh bien, ce stade, conviendras-tu de le rebaptiser* Parc des Rois ?

L'idée chemine dans les cerveaux et les cœurs, certes pas aussi vite qu'espéré, mais la foule frémit avant d'exploser en *hourra ! waou ! youpi ! youyou ! vivat ! bravo !* et autres interjections plus personnelles exprimant le contentement. Le Stade de France est mort, vive le Parc des Rois !

Sur ces belles paroles, le peuple fait étalage de son esprit logique : il a son Parc des Rois, il lui faut son roi, sans quoi ça n'a aucun sens. Alors montent de la pelouse des *Vive Panache, notre roi !,* dans un tonnerre de cathédrale (expression plus juste).

Si je suis honnête, je ne peux affirmer que la multitude soit en cet instant parfaitement consciente de ce qu'elle scande. C'est pour elle un mélange de récréation, de retour en enfance, d'esprit de contradiction, de lassitude du spectacle politique ambiant, mais sans doute pas une volonté claire de restauration. Je le sens bien : à cette heure-ci, les gens porteraient le premier venu sur le trône. Ça m'est un supplément de responsabilité. Je les remercie pour la propale, mais leur adresse une fin de non-recevoir.

Comme aux heures les plus difficiles de ma quête, quand toute certitude était abîmée dans les ténèbres, je me tourne vers la Providence. Elle m'éclaire sur la voie à suivre. En l'occurrence, il s'agit ici d'une voix, pas aussi inspirée que celles de Jeanne d'Arc, mais plus distincte. Une voix qui a résonné naguère aux oreilles des spectateurs.

Sans perdre plus de temps, j'entreprends le peuple sur ce roi que j'ai appris à connaître dans l'adversité. Ce roi qui a montré une force d'âme et un courage physique sans égal au moment du danger, et n'aura pas la main qui tremble sur les rênes du pays. Ce roi qui sait conduire avec poigne les hommes (et aborder les femmes avec galanterie, si ce n'est pas pénal), comme il saura le faire de ses sujets. Ce roi qui vient d'appeler à l'unité autour de ma personne, ce qui lui a valu de ramasser son nez à la paille.

Ce roi, c'est Jean-Mat'. (Et tant pis pour les branches aînées ou cadettes, légitimes comme bâtardes, par les femmes ou les hommes, les lois écrites ou non, les arguties juridiques et les obscures règles de succession : la Providence a providé).

Pour un qui connaît le passif du patron, ma proposition peut surprendre, mais les meilleurs chefs ne sont-ils pas ceux qui endossent la charge par devoir plutôt que par ambition ?

La plèbe exprime dès l'abord une liesse immesurée : Jean-Mat' a beaucoup pour lui, est dans la force de l'âge, se montre à la pointe de la mode, porte beau, a créé sa boîte.

Surtout, cette façon de traverser le stade cramponné à la caméra gyrostabilisée ! En dépit de son estomac retourné, le populaire a trouvé ça noble. Il ira jusqu'à royal. Et c'est là que je comprends : ce petit cabotinage au-dessus du Parc des Rois, dont le but premier était à coup certain d'impressionner Guerlaine, n'était en aucun cas dispensable : il est la condition de la restauration.

Je cède la plus haute marche du podium au nouveau roi, qui doit se faire prier à trois reprises avant d'y monter à reculons — à moins qu'il ne danse le *moonwalk*. La foule l'acclame comme un seul homme (et cet homme comprend la femme, mieux que jamais) : à mon instar, elle s'est faite providentialiste. La pluie est épuisée. Le soleil donne.

XVI. Trône et hôtel

Jean-Matthieu Ier, puisque Jean-Matthieu Ier il y a désormais, a reçu l'onction populaire. Lui manque l'onction divine. En tant que conseiller spécial aux cérémonies du sacre, il me faut en déterminer la date et le lieu.

Pour la date, le plus tôt sera le mieux. Le peuple est mûr pour un retour du roi, il ne s'agirait pas qu'il devienne blet. Scellons donc le trône dans le béton, qu'il ne verse pas au premier cahot.

Considérant le lieu, mon premier regard se porte sur Reims. Depuis 1030 et Henri Ier, tous les rois de France y ont été sacrés, trois exceptés (Louis VI le Gros, Henri IV et Louis XVIII), ce qui fait quand même la bagatelle de trente-trois monarques.

Au reste, n'était son impotence, Louis XVIII se serait bien aplati face contre terre devant cet autel qui n'a pas bougé depuis Clovis, mais il aurait fallu un cabestan pour le relever, ce qui fait mauvais genre. À sa décharge, le diabète lui causait une faim perpétuelle. Par chance, il a été restauré deux fois, en 1814 et 1815.

Pour Jean-Matthieu Ier, pousser jusqu'à Reims, c'est aussi marcher dans les pas de Charles VII. Ce qui m'identifierait par ricochet à Jeanne d'Arc : nous aurions tous deux mené le gentil dauphin au sacre à la suite d'une victoire aussi tactique que téméraire, pour elle, au siège d'Orléans, au Parc des Rois pour moi. (Et respecterions de conserve une chasteté scrupuleuse.)

Donc, Reims tient la corde. D'autant que le palais épiscopal du Tau conserve quelques gouttes de l'huile du sacre, sauvées des blanches mains du député montagnard Philippe Rühl, dont le nom est inscrit pour toujours dans les Cieux grâce à ce geste d'un tact nonpareil : avoir *solennellement* explosé la Sainte Ampoule.

Reims, donc. C'est clair. Ce devrait l'être en tout cas mais, par l'une de ces facéties que l'Histoire affectionne, il se trouve que Gilles de Rais a été promu maréchal de France dans la capitale champenoise le jour même du sacre de Charles VII. Jean-Matthieu Ier souhaitant garder ses distances avec son encombrant ancêtre, on oublie Reims.

Un carrousel d'hypothèses se présente alors à mon esprit, au nombre desquelles Notre-Dame de Paris. Napoléon n'y a-t-il pas été sacré ? Mais il faudrait d'abord chasser les marchands du temple, et supprimer la tyrolienne géante qui le surplombe.

C'est en gobant un raisin qu'une vision m'est donnée : celle de Pépin, ce bon, cet excellent Pépin auquel on a accolé, histoire d'être bien compris des générations futures, le qualificatif de Bref. Courtaud mais costaud, notre petit Pépin fut le premier roi de France à recevoir le sacre, spécificité bien de chez nous, et ce à deux reprises : par l'archevêque de Mayence en virée à Soissons, en 752 ; et deux ans plus tard, fin du fin, par le pape Étienne en la basilique Saint-Denis. Ceinture et bretelles.

Pour l'occasion, Pépin décide de la jouer à l'ancienne, se faisant oindre tels Saül et David par Samuel, dans l'idée de bien faire sentir au commun des mortels qu'il tient son pouvoir d'En-haut, avec les devoirs que cela suppose. Héritage qui nous fait remonter à loin, l'an moins mille à la louche. Bref, chez Pépin, on ne mégotte pas avec la tradition.

Certes, son père et son fils, les deux Charles, Martel et Magne, ont mieux traversé le temps. Mais Pépin demeure pour l'éternité le premier des Carolingiens. Pourquoi ne pas le prendre en exemple, et faire aujourd'hui du tombeau des rois de France le berceau de la dynastie *deraisienne*[14] ?

Surtout, quel plus beau symbole ? La République fut baptisée dans le sang des septembrisades et des guillotinades. Par opposition, la royauté doit être fille de la paix civile, faute de quoi elle n'a pas lieu d'être. Et restaurer la paix civile à Saint-Denis, ville dont certains n'attendent rien, du moins rien de bon, voilà qui renouerait avec la geste royale.

Ça tombe bien, la restauration de la basilique s'achève tout juste : déposée en 1847 par Viollet-le-Duc pour parer son effondrement, la flèche nord a été remontée. Un projet porté pendant plus de trente ans par la mairie communiste, que je salue au passage. Ce serait en outre rendre hommage aux maçons de la Creuse, lesquels ont bâti un bon peu de l'ouvrage.

Jean-Matthieu Ier voudrait en profiter pour installer une station de métrobranche entre le Parc des Rois et la nécropole des mêmes, histoire de faire son entrée

---

[14] Qu'on prendra garde à ne pas confondre avec la bicyclette sans pédale de Karl Drais appelée, elle, draisienne.

en tyrolienne au jour du sacre. Pourquoi pas en combinaison ailée ou en réacteur dorsal, tant qu'il y est ? Nan mais !

Un conseil spécial de votre serviteur le ramène sur terre : le chemin jusqu'à la basilique se fera à genoux, en tunique blanche, au terme d'une journée de jeûne et d'une nuit de veille. Il peut s'estimer heureux : le dénivelé est nul, les escaliers inexistants. Et puis, c'est toujours plus agréable qu'embrasser Fanny.

Jean-Matthieu Ier renâcle, un kilomètre à genoux, entre les crottes de chien, les mégots, les crachats, c'est plus qu'il n'en faut pour se salir, ça déplairait à sa mère. Ce n'est plus elle qui lave ses fonds de culotte, lui rétorqué-je en substance. Ses genoux encore moins. À court d'argument, il me demande qui m'a fait conseiller spécial. Je lui demande qui l'a fait roi. Nous en restons là.

En principe, le dauphin est élevé dès sa plus tendre enfance dans l'idée de régner. Fils d'un commissaire aux comptes et d'une contrôleuse de gestion, Jean-Matthieu Ier a grandi dans un milieu porteur, mais assez éloigné de l'exercice du pouvoir royal — encore qu'assurer de saines finances à la Nation en fasse partie. Non content d'être son conseiller spécial aux cérémonies du sacre, je serai également son précepteur.

D'abord, faire connaître au futur souverain son royaume, en premier lieu la France des ronds-points, des radars routiers et des péages. En second celle des carrefours et anciens chemins creux semés de croix et calvaires tutélaires, au cœur de ces contrées reculées, de ces villages arriérés où l'avion ni le train n'arrivent, et auxquels je donnerai aujourd'hui droit de cité littéraire à travers deux représentants : La Prune (contrôles radars fréquents) ; Vatan (village étape). Tournée non des grands-ducs ou des petits marquis, mais des gens de peu et de bien, qui ont souvent beaucoup à voir.

Ensuite aviser mon élève de l'amour paternel dont il devra faire preuve à l'endroit de ses peuples. L'âme française y est sensible : treize siècles de royauté sur les quinze derniers, ça pèse dans l'inconscient collectif. Un peu plus lourd que cent cinquante ans de République. Pour cela, lui faire potasser les *Mémoires de Louis XIV pour l'Instruction du Dauphin,* avec devoir sur table à la clé.

Je le fais aussi méditer sur les maximes des moralistes trouvés dans les papillotes de Noël :

Confucius, Juvénal, Montaigne, La Rochefoucauld, Vauvenargues, La Bruyère, Rivarol, Oscar Wilde, Gustave Thibon... Et vernis sa culture d'anecdotes tirées du *Journal* des Goncourt.

Par ailleurs, j'amène à sa conscience que, tout roi qu'il est, il doit en référer à un patron, que nous appellerons, pour ne pas chatouiller les amours-propres, le grand horloger de l'univers — dont tout le monde a bien compris qu'il ne fabrique pas des coucous suisses.

Donc j'en viens à cette histoire de Lieutenant de Dieu sur Terre. Lieutenant, s'interroge-t-il, c'est combien de galons ça ? Deux ? Dans son souvenir, un grade d'officier subalterne entre sous-lieutenant et capitaine. Il y a loin aux chefs d'états-majors à feuilles de chênes.

J'éclaire sa lanterne : le lieutenant, c'est dans le mot, tient lieu de capitaine en cas d'empêchement de ce dernier. Un faisant-fonction qui n'existe que pour servir, jamais pour se servir. De la même manière, Jean-Matthieu Ier se devra d'être le bras séculier de son supérieur.

Ne croyant ni à Dieu ni à diable, il voit dans les 50% de Français se déclarant athées un signe qu'il ne faut pas trop en faire de ce côté-là. Moi un magnifique potentiel d'évangélisation. Je peux toujours arguer que la vieille Europe sans Dieu n'est qu'une faille spatio-temporelle de l'Histoire, en dernier ressort, la décision lui incombe.

Autre sujet à déminer : Jean-Matthieu Ier refuse de prendre Jean-Matthieu Ier pour nom de règne. Trop vieille France. D'ailleurs, il n'a jamais aimé son prénom. Jean-Matthieu… Pfff. Quelle mouche a piqué ses parents ? L'émotion du premier accouchement ? Les hormones en vrac ? Un problème de thyroïde peut-être ?

Jean-Mat', avec l'apocope, passe encore, ça fait Matt Damon, avec tout ce qui s'ensuit : le rêve américain, les lettres H O L L Y W O O D là-haut sur la colline, le Nouveau Monde, l'esprit pionnier, les *self made men*, les *Where there is a will, there is a way*. Le massacre des indigènes, la ségrégation raciale, la vente libre d'armes à feu… Euh, corrigeons le tir : les grandes plaines, les ranchs, le Far-West, la liberté, le droit à la poursuite du bonheur, toussa toussa.

Je le recadre : c'est roi de France que tu vas devenir, pas acteur américain. Roi de France. Tu as deux apôtres dans ton prénom, au surplus deux évangélistes ! Jean, la pureté juvénile, le disciple que Jésus aime, auquel il confie sa mère, l'auteur de l'Apocalypse ! Matthieu, littéralement *don de dieu*, le collecteur d'impôts peu scrupuleux repenti au premier regard, converti au premier mot ! Ça n'est pas rien !

En fait si : pour Jean-Mat', c'est rien.

Au fond, ce n'est pas tant le nom de règne qui bloque Jean-Mat' que le règne. L'un dans l'autre, il a des prédispositions, l'équipe de Biz&Buzz est bien placée pour le savoir. Mais il a encore du mal à habiter le corps du roi, avec la verticalité que ça requiert. Ce petit côté hiératique le fatigue, qui exclut d'office l'humour sous la ceinture.

Je le rassure comme je peux : tu pourras toujours te fendre de saillies grivoises dans l'intimité. Pour le reste, on peut se préparer autant qu'on veut, on n'est jamais prêt à régner. C'est le sacre qui fait le roi, comme l'enfant fait le père.

Bon, il est d'accord pour essayer. Et d'accord pour Jean-Matthieu Ier.

Tout ça pour ça.

Ça n'est pas le tout, mais j'ai un sacre à préparer. D'abord, le faire-part. J'ai en tête quelque chose de sobre. De toute façon, sauf à vouloir insister sur la parenté avec Gilles de Rais, le pedigree de Jean-Matthieu Ier ne payant guère de mine, autant ne pas s'étendre, ça ferait parvenu. Le nom, la date, l'heure et le lieu de la cérémonie, la possibilité offerte de se joindre par la pensée ou la prière, point barre.

La décoration maintenant. Pour les fleurs, on n'a qu'à dire le lys d'or, c'est très bien le lys d'or, et conforme à la tradition. Au demeurant, je dis lys, mais c'est en fait l'iris dont on cause ici, symbole de la royauté depuis Louis VII, le précurseur du château de Vincennes.

Pourquoi l'iris s'est-il changé en lys dans le jargon héraldique ? Décrit comme la *fleur de Loys*, graphie ancienne de Louis, il aurait muté par assonance en *fleur de lys*. À moins qu'il ait emprunté son nom à ce cours d'eau belge au bord duquel il abonde : la Lys. En cette matière étymologique, rien n'est moins sûr. Mais pareille explication mettrait derechef nos camarades d'outre-Quiévrain à l'honneur dans ces aventures, ce qui ne serait pas immérité.

Regardant les couleurs de la royauté, j'ai dans l'idée de reprendre le drapeau tricolore en rognant sur le bleu et le rouge, histoire que le blanc remplisse la moitié de l'étendard plutôt que le tiers. Cela mettrait Ancien Régime et Révolution sur un pied d'égalité, et l'égalité, c'est ce que les conventionnels auraient souhaité, non ? Allez, vendu : un carré blanc au centre, des rectangles bleu et rouge de part et d'autre. Élégant en plus d'être éloquent.

Les armoiries royales seront ainsi blasonnées : *au mousqueton d'argent sur champ de sable, au chef cousu de trois licornes de pourpre.* Une idée de Jean-Matthieu Ier en personne. Je ne peux pas dire que j'adore, mais un mémorialiste n'est pas là pour donner son avis.

Je laisse la main à Guerlaine pour le costume du sacre. On s'oriente vers un style hipster : chemise bûcheron, chapeau tyrolien, lunettes carrées à monture épaisse, bretelles, nœud-papillon, le tout pourpre et sable.

Reste à trouver un hymne royal. *La Marseillaise* et son cri du sang, on va éviter. Quoique : la musique en serait inspirée d'un oratorio de Jean-Baptiste Grisons, maître de chapelle à Saint-Omer. Et l'auteur du texte, Rouget de Lisle, était un fervent royaliste, jusqu'à composer en 1814 un *Vive le Roi !* levant toute ambiguïté sur ses sympathies. Mais dont l'Histoire, avec sa mémoire de poisson rouge carencé en phosphore, a oublié dans les grandes largeurs de se faire écho.

Fixons-nous plutôt sur la très grand-siècle *Marche royale* de Lully, ce sera faire justice au compositeur malgré lui du *God Save The King,* et prouver qu'on peut, par exception, être poète en son pays.

Côté prêtre, Jean-Matthieu voudrait un descendant en ligne directe de l'évêque Rémi, celui-là même qui a sacré Clovis. Il passe des semaines entières tendu vers cet objectif, écumant les almanachs, annuaires, archives, bottins, gothas, *Who's who*, jusqu'à tant que je douche ses ardeurs d'une question qui n'est pas sans lien : « Le vœu de chasteté, ça te dit quelque chose ? »

On se rabat sur l'évêque de Saint-Denis, puisque la basilique est une cathédrale. C'est bien aussi, c'est bien ainsi. L'homélie a beau être son affaire, je lui glisse sous l'aube une notule sur les mérites comparés des vertus chevaleresques et des valeurs républicaines. Un petit coup de pouce à la Providence. Ensuite, c'est à la grâce de Dieu.

Le traiteur nous propose de partir sur une formule buffet, à base de spécialités creusoises : pâté de pommes de terre en entrée, grattons de porc pour les protéines, pain de chou farci aux pruneaux pour le quota de végétaux, clafoutis aux cerises pour faire couler.

Ajoutez à cela deux pièces montées de profiteroles recouvertes de crème ganache et reliées par une tyrolienne supportant une mauvaise miniature de Jean-Matthieu Ier.

En guise de boire, du floc de Gascogne, des flacons de Saint-Mont, le vin des mousquetaires et, pour qui ne se déballonne pas, des flasques de pousse-rapière. Ouf !

Jean-Matthieu Ier n'est pas encore au fait de toutes les subtilités du cérémonial et, quand on lui donne rendez-vous devant l'autel pour la répétition, comprend *hôtel*. La boulette. Le boulet. Par bonne fortune, le Novotel se trouve à 750 mètres à pied de la basilique.

Pour deux-cents mètres de plus et l'assurance de ne pas prêter le flanc aux procès en gabegie, le futur souverain aurait pu se contenter d'un Formule 1, trois fois meilleur marché avec sa chambre à 33 euros petit-déjeuner inclus. Surtout pour une journée de jeûne et une nuit de veille… Ça ira pour cette fois, mais c'est la dernière !

Le lendemain, après s'être préparé corps et âme, Jean-Matthieu Ier fait le chemin de l'hôtel à la basilique sur les rotules. Une bonne heure de souffrance qui le laisse, c'était à prévoir, assez malpropre.

Douze pairs du royaume, évoquant les douze tribus d'Israël, lui ont emboîté le genou jusqu'à l'autel. Parmi eux, six pairs laïcs respectant la parité, c'est un truisme : Guerlaine, Louboutine et Vuittonne font le pendant à Jean-Bal', Jean-Cach' et Jean-Chris'. Chacun porte un coussin cramoisi et, dessus, qui la couronne de *MISTER BOURBON 2003*, qui la main de justice, l'orbe ou le sceptre retrouvés au château des Dauphins. Pour faire bon compte, on a ajouté les éperons qui serviront à monter Brêle.

Sur les bancs du fond, le ban et l'arrière-ban des cours européennes. Après deux siècles d'éclipse ou presque, le royaume de France revient dans le jeu, le cours de l'Histoire rentre dans son lit, il s'agit d'honorer le fait de sa présence, même si on aurait préféré les premiers rangs.

On les remonte, pour y trouver les héros de la cérémonie d'ouverture des Jeux olympiques : archers, escrimeurs et jockeys, lycéens de Seine-Saint-Denis et leurs grands frères, livreurs, caissières, manutentionnaires et autres humbles gens. Sur l'échelle du pittoresque, les coupes de cheveux le disputent à celles des vestes. Mais que de dignité dans l'attitude ! Que de gravité dans le visage ! Et quel sens du sacré !

J'oubliais les naturistes, camouflés sous des vêtements, et que leur col de chemise semble gratter et leur cravate étouffer.

Le trône relevé siège à droite de l'autel, et Jean-Matthieu a manqué le renverser en s'essayant, n'y allant que d'une fesse, l'émotion sans doute, ou la circonspection… Mais non, il ne sera pas dit qu'aussi mauvais présage a entaché les solennités.

Après s'être étendu face contre terre, le roi revêt les bottines de velours et la pourpre. La coupe en est ajustée, près du corps, seconde peau, mue de serpent, tout ce qu'il vous plaira et laissera comprendre que le costume n'est pas trop grand pour lui, pour se vautrer dans les stéréotypes journalistiques.

Jean-Matthieu Ier est marqué du signe de la croix au baume du sacre, mélange de saint chrême et d'huile, avec pour résultat un corps gras. Ensuite, en vertu de la fonction performative du langage, il devient officiellement roi de France et, à son insu, coprince d'Andorre et chanoine honoraire de la basilique Saint-Jean-de-Latran de Rome.

Puis il se voit remettre de haut en bas les ornements portés par les pairs : couronne, orbe dans la main droite, main de justice dans la gauche.

N'ayant pas trois mains, il se montre incapable de saisir le sceptre, et en profite pour ouvrir son règne par un geste de concorde : au nom de l'amitié entre les royaumes de Belgique et de France, le bâton de commandement en forme d'humérus qui fait pouic-pouic sera restitué à la chienne de Jean-Claude. Grand seigneur, bon prince, roi magnanime, Jean-Matthieu Ier y gagne là son surnom de *Charitable*.

La messe est dite. Monté sur Brêle, chaussé des éperons du sacre, Jean-Matthieu Ier fend la foule qu'il surplombe de la tête et des pieds. Pas de grand équipage, nul laquais en livrée. Le roi dans sa simplicité nue.

Qu'il est majestueux, Jean-Matthieu Ier, dans la lumière rasante de cette fin de journée et d'été, qui embrase la façade restaurée de la basilique. Il songe un instant à chausser ses lunettes de soleil aviateur à verres pétrole, quand je mets un coup d'arrêt à son geste : le peuple se regarde sans filtre anti-UV.

C'est là mon testament à mon roi. Ma mission s'achève ici. À peine si on me verra faire un passage éclair à la soirée, le temps d'un twist cathartique. Hors contexte, on pourra croire que je m'essuie le dos avec une serviette éponge en écrasant un mégot du talon, double mouvement assez technique, nécessitant des contorsions déconseillées pour les lombaires, surtout quand on sait qu'un homme ne fait bien qu'une chose à la fois.

Et puisqu'en France, tout finit par des chansons, de retour chez moi, je passe le reste de la nuit à vous en coucher une :

Il affronte les tyroliennes
Sans mousqueton et de sang-froid,
La mine des plus régalienne
Comme s'il chargeait à Rocroi,
— Vive le Roi ! Vive le Roi !

Il chevauche sa grande Brêle
Comme d'autres ces palefrois
Que nous chantaient les ménestrels,
Que nous contait Chrétien de Troyes
— Vive le Roi ! Vive le Roi !

D'aucuns peignent des sangliers,
Des griffons, des oiseaux de proie,
Des dragons sur leur bouclier,
Lui a des licornes par trois
— Vive le Roi ! Vive le Roi !

Qu'on sonne pour le bel élu
Les cloches de tous les beffrois,
Car celui qu'on n'espérait plus,
La Providence nous l'octroie !
— Vive le Roi ! Vive le Roi !

Qu'il épouse une suzeraine
En sa traine brodée d'orfrois,
Et nous crierons : Vive la Reine !
Vive le dauphin par surcroît !
— Et forcément : Vive le Roi !

Le jour qu'il sera emporté
Par un mauvais vent de noroît,
Nous trinquerons à sa santé,
Nous clamerons à son endroit :
Le roi est mort ! Vive le roi !

XVII. Cloud du spectacle

Je revois Guerlaine. La chasteté m'est acceptable désormais. Nous jouons aux dames dans le petit salon royal, et nos relations demeurent angéliques. De loin en loin, elle me glisse à l'oreille des piapiapias dont le lecteur, bien qu'ayant payé, ne connaîtra jamais la teneur, j'en ai fait promesse à l'intéressée. Y eut-il un jour de l'amour de son côté ? J'en doute. De l'estime ? J'en réponds.

J'ai moi-même ouvert le verrou de sa cellule, à Vincennes. Elle avait gravé au mur : *Guerlaine + Panache - 2024,* sans cœur ni fleur. Juste en dessous, l'autographe de Mirabeau. Étrange filiation carcérale : en bas, l'homme dont l'éloquence a affermi, peut-être sauvé la Révolution naissante, et contribué à saper l'assise de la monarchie. En haut, le couple par lequel la restauration est arrivée.

Guerlaine me raconte les événements vus de Vincennes : ma présence à l'écran, au milieu du Stade de France, a mis la puce à l'oreille des matons — on ne la leur fait pas à eux, car le maton, par une manière de déformation professionnelle, demeure maton en toutes circonstances, même hypnotisé par la petite lucarne.

Ils ont vérifié pendant les publicités : je n'étais plus dans ma geôle. En revanche, quelle surprise d'y trouver une femme en habit de chevalier. Ils ont tôt

247

fait le rapprochement avec la visite de la directrice du Bonheur, et le voile a été levé sur ce mystère.

Faisant avec la situation, ils ont assis la prisonnière sur leurs genoux pour regarder la clôture de la cérémonie d'ouverture. Laquelle avait plutôt pris les atours d'une cérémonie d'investiture royale.

Les matons ont d'emblée nourri l'espoir d'une restauration. Non qu'ils se soient forgé une quelconque opinion sur le fond du sujet, mais compte tenu du petit défaut de surveillance qu'on pouvait leur imputer, c'était leur tête ou celle du président. Tant qu'à faire, celle du président.

Ils m'ont acclamé devant leur écran, comme si j'avais emporté leur conviction par ma performance pleine de grâce en natation synchronisée ou battu le record olympique du pentathlon moderne. Et ils n'ont pas eu tout à fait tort : personne n'est allé chercher Bidet au concours de saut d'obstacles.

Le soir même, ils m'ouvraient grand les portes de la prison, fort satisfaits de la façon dont ils avaient servi l'Histoire. Prêts à continuer d'ailleurs, me proposant du thé à la bergamote et des biscuits à la cuillère dans le jacuzzi du président ou un bon film dans son fauteuil de massage. Écartant ces sollicitations d'un revers de main, j'allais libérer ma libératrice :

— Guerlaine ! Vous ont-ils fait du mal ?

— Oh ! Panache ! Pas le moins : ils m'ont laissé regarder la cérémonie sur leurs genoux.

— Sur leurs genoux ?

— Ne soyez pas jaloux, mon preux : si je n'étais à un autre, je serais vôtre ! Mais la fidélité est une vertu, n'est-ce pas ? Je la veux cultiver.

En même temps, sans vouloir salir ses intentions, Guerlaine a compris sur quel cheval miser : Jean-Mat' étant appelé à être roi, elle serait reine de France. Ce qui représente une promotion, y compris pour une directrice du Bonheur. Elle fait désormais celui de son pays.

J'ai décliné toutes les offres : témoin de la mariée, témoin du marié, porteur d'alliances, chef de chœur, gouverneur des enfants d'honneur, administrateur de la quête, grand ordonnateur du lancer de pétales de roses. J'ai préféré m'unir par la pensée ou la prière, je ne sais laquelle des deux, elles se ressemblent tant.

À force de pousser les murs, Biz&Buzz a déménagé à La-Plaine-Saint-Denis, entre le Parc des Rois et la basilique. Le mètre carré de bureau y reste modique, et le quartier est le lieu d'une piété populaire grandissante. La maison royale s'est installée dans l'ancien hôtel Formule 1.

N'y tenant plus, je te le livre en avant-première, puisque dans ta temporalité de lecteur, le vote ne s'est pas encore tenu : ces mêmes banlieues où les têtes-brûlées enflammaient des voitures sitôt que l'occasion se faisait belle, quand on leur demandera si les vertus chevaleresques[15] devaient primer les valeurs républicaines, ces mêmes banlieues approuveront en masse.

Forts de 96% d'assentiment, les Séquano-Dionysiens iront jusqu'au plébiscite. Le tout avec une abstention plancher au regard de l'Histoire, même en remontant au suffrage censitaire masculin, cette belle tartufferie révolutionnaire écartant femmes comme pauvres de tout scrutin. Les campagnes se prononceront à l'identique.

Un vote de colère, estimeront les commentateurs ayant pignon sur écran, qui ploieront toutefois le genou devant le double totem des expressions démocratique et diversitaire, comme on dit maintenant. Les deux n'ayant rien de contradictoire avec la royauté, tant s'en faut.

---

[15] Charité, courage, courtoisie, foi, humilité, justice, loyauté, prouesse, sagesse et, pour faire bonne mesure et tendre la main aux valeurs républicaines, fraternité.

J'en reviens à Biz&Buzz, renommée par Jean-Mat', *Ubi Caritas*, souvenir d'un chant millénaire qu'on peut traduire par *Là où est l'amour*. L'agence coiffe désormais les œuvres royales, d'un foisonnement anarchique. Un mot d'ordre : servir le beau, le bon, le vrai. Louboutine, Vuittonne et les trois Jean-Machin en sont toujours. On a supprimé la direction générale du Bonheur, et chacun s'efforce de faire celui de l'autre.

Guerlaine a quitté la communication depuis son mariage avec Jean-Matthieu Ier. Elle m'affirme qu'il est changé. Son sang bleuirait de jour en jour. Il ne touche pas encore les écrouelles, mais se rend du moins au chevet des malades. Visite les prisons. Ouvre sa table aux pauvres gens. Le Jeudi Saint, ceint le tablier pour laver leurs pieds.

Si on le cherche, c'est qu'il est à la Sainte-Chapelle, dans l'espoir que les vitraux en gloire éclaireront sa mission. Il se découvre une dévotion pour Saint Louis. S'est imposé trois jours d'abstinence avant de jouer à la bête à deux dos — c'est le sacre qui fait le roi, je vous dis.

Cette abstinence, c'était reculer pour mieux sauter, comme me l'apprend, tombé du sac de Guerlaine, un test de grossesse avec, dans la petite fenêtre des résultats, deux barres parallèles. Car les barres parallèles, en termes hormonaux, ça veut dire que vous êtes bourrée de gonadotrophine chorionique sécrétée par votre placenta au moment de la nidation de l'embryon après l'étreinte de l'ovocyte et du spermatozoïde dans la trompe de Fallope. Et je

251

m'arrête avant d'être rattrapé par le mauvais génie
des jeux de mots, voire le génie des mauvais jeux de
mots.

Cette fois, on tient notre dauphin. Ou notre
dauphine. Dauphin-dauphine, c'est tout un, puisque
Jean-Matthieu Ier a abrogé la loi salique. N'importe
comment, on peut maintenant parler de dynastie
deraisienne.

Les charmes de l'expertise digitale n'opérant plus sur moi, je me suis retiré au Cloud, bienheureux de marcher à nouveau dans la boue, où mes racines s'épanouissent tant mieux que sur le bitume.

J'ai renfilé ma panoplie de chevalier, plume de paon sur le chef et moustache cirée, pour assiéger la tourelle. Guerre de positions soldée par la reddition totale de la race pigeonnière. Pas rancunier pour deux sous, j'ai bâti de mes blanches mains un abri à mes non moins blanches colombes. Puis j'ai retapé la tourelle, panache de pierre dressé vers le ciel et les ancêtres.

Alors je me suis assis. La cruche d'eau, la huche à pain. Les charentaises sur la chaise. Les lézards sur le mur, les libellules sur la mare. Le passage des saisons, les teintes monarchiques de l'été indien, feuilles vieil or sur ciel bleu roi.

Tout mon bonheur tient là. La coulisse convient mieux que la lice à mon caractère introverti. Je ne l'ai fouetté que sous l'ardente obligation de rendre un roi à la France.

Puisqu'un jugement le dit, ce doit être vrai : j'aurais volé un poney, des plumes de macao, une cuvette de toilettes publiques. Ajoutez à cela la main de justice et l'orbe du sacre. Jean-Claude semble avoir perçu tout le profit à tirer de ma nouvelle notoriété. Je n'aurais pas cru ça de lui.

N'ayant pas un sou vaillant en poche, j'ai opposé un front altier aux huissiers assermentés. Mais les fronts altiers, quand il s'agit de cracher au bassinet, tout le monde s'en bat l'œil. Les huissiers se sont payés en meubles, et les pièces vides de mon manoir du Cloud résonnent désormais comme Chambord.

J'ai refusé tant la grâce royale que l'argent proposé de bon cœur par Jean-Matthieu Ier. Le panache m'en empêche, comme on l'aura compris, du moins je l'espère, car ce récit touche à son terme et je ne vais pas tirer davantage à la ligne.

Bidet m'a apporté la plus belle des consolations. Contraint de s'en retourner chez Poneys Express, il s'est évadé au bout de trois jours. Comme il m'avait retrouvé à Vincennes, il m'a retrouvé au Cloud. Avec pareil flair, je me demande s'il n'est pas un chien. Il en a la taille.

Mon destrier me tient compagnie, tondant le pré sans plan, traçant des sillons erratiques à la largeur de sa ganache, entre les arbres plantés de frais par mes soins. Ma joie sera complète au premier nid qui s'y fera.

Le manoir démeublé, j'en occupe une et unique pièce. Le temps qui passe vous cantonne, vous confine par étapes : la maison du parvenu, le deux-pièces du retraité, la chambre du grabataire, le cercueil du mort, la boîte à ossements du corps réduit. Mais on croît autrement.

Je le vois à leur attitude : les voisins ne me regardent plus tel l'héritier du château, mais comme un accoucheur de dynastie. Ils laissent leurs enfants sonner la cloche du portail, écouter mes histoires. Grand-père par l'âge, mi-gâteux mi-gâteau, je nourris leur curiosité.

Ils veulent connaître mes chevaliers favoris. Il en est tant ! Bayard, Godefroy de Bouillon, Monluc, Duguesclin, Jeanne d'Arc, Jeanne Hachette, Renaud de Tor. Sur mer : Jean Bart, Brebel, Surcouf, Duguay-Trouin et toute la litanie des corsaires malouins. Jean Le Cam aussi. Au ciel, Blériot, Roland-Garros, Fonck, Guynemer, Nungesser, Lindbergh, Mermoz. Caroline Aigle, Hélène Boucher. Guillaumet faisant dans les Andes ce qu'aucune bête n'aurait fait, sublimé par Saint-Exupéry.

J'enchaîne avec les grands espaces, nouvelle frontière de la chevalerie où se meuvent Gagarine, Armstrong et les autres. Je n'oublie pas Saint-Michel terrassant le dragon, mais c'est d'un autre ordre. Quoique.

Quelquefois, prenant du recul dans ma chaise longue, cette pensée me traverse : au fond, parmi les chevaliers vertueux, il en est un d'achevé. Un qui a défié le mensonge avec courage, substitué la charité à l'hypocrisie, réalisé des prouesses de thaumaturge, répandu sa sagesse en paraboles, traité la femme adultère avec justice, ressuscité le fils de la veuve de Naïm, refusé la royauté humaine avec humilité, fait preuve de piété filiale jusqu'à son souffle ultime. Le tout en demeurant d'une courtoisie inébranlable. Là se niche le *panawchuz*[16]

---

[16] Ici s'achève le manuscrit. Ce dernier mot n'a pu être déchiffré. Une plume de paon fut retrouvée brisée dans la main crispée de l'auteur (note de l'éditeur).

Postface (par Jean-Matthieu Ier)

Tout n'est pas vrai dans ces mémoires. Il n'est que de prendre un exemple : il faut être d'une suffisance sans bornes pour prétendre déposer, du châtelet de Vincennes, son obole sur la stèle du duc d'Enghien, à deux-cent mètres de là !

Autre illustration : les vitraux de la Madeleine. Caïn tuant Abel, Joseph vendu par ses frères, Judas et ses deniers : la trahison du clerc était limpide, quel besoin Panache avait-il d'en rajouter ? C'était inutile, nuisible même, tant un zeste de mensonge vous contamine un océan de vérité. Dans le genre, ce $L+M=$ ❤ sur le chêne de Saint Louis, franchement... Sans même évoquer les incohérences de la chronologie.

Il est un autre arrangement avec la vérité dont je dois vous entretenir. Vous avez souvenir de mon secret de famille, révélé par les archives de Vincennes : ma parenté en ligne directe avec Gilles de Rais. Si cette découverte m'a permis de comprendre enfin ma mère, la pâte humaine est ainsi faite que la connaissance de mon extraction a ouvert en moi une plaie profonde et pernicieuse : l'envie. Allons jusqu'à la jalousie. Comment pouvais-je descendre d'un homme ayant pactisé avec le diable, quand un sang si preux coulait dans les veines de ce remplaçant de professeur d'Histoire creusois qu'était Guy Panache ?

La découverte de ses origines avait changé Panache du tout au tout, j'étais avide de comprendre le ressort de cette métamorphose. J'ai repassé au peigne fin ses archives familiales. Des cantiniers, des vivandiers, des marchands de céréales, des négociants en vin : des fournisseurs de l'armée de fils en père. Jusqu'à cet aïeul ayant servi à Marignan. Guy Panache, en effet. N'était-ce pas écrit sur un titre de créance relatif à une livraison de choux de Bruxelles ?

J'ai voulu remonter encore. Petit saumon de bibliothèque, je fendais à contre-courant mon fleuve d'archives, m'attendant à tomber sur des quartiers de noblesse glanés aux croisades, peut-être même sous Hugues Capet ou Charlemagne.

Le Panache de Marignan avait eu pour grand-père l'intendant du roi à la bataille de Castillon, qui bouta l'Anglais hors de France. Et son trisaïeul avait ravitaillé l'armée en eau-de-vie au siège d'Orléans.

Plus je remontai, plus l'évidence se faisait présente, pressante même : les récépissés, reçus et relevés, acquits, quittances et quitus étaient formels : il y était toujours question d'un Ganache, d'un Ganache avec un bête G. Gauthier comme Guy, tous les ancêtres avaient pour initiales GG, comme le prouvaient les paraphes au bas des bordereaux.

L'erreur de transcription ne tenait pas au G infligé aux descendants du Panache de Marignan. L'erreur résidait dans le P, et n'avait duré que le temps d'un arrivage de choux sur la plaine lombarde, en 1515. En dehors de ce titre de créance, nul Panache n'avait jamais brillé au firmament de la chevalerie française.

Quant au Ch. précédant son nom complet, il n'était pas l'abréviation de Chevalier, mais celle de Charles, second prénom de l'ancêtre, celui de son grand-père maternel.

Alors que j'étais l'instant d'avant d'une jalousie maladive à l'égard de Panache, je me suis pris à la défendre, passant par toutes les variations de la mauvaise foi : tous ces documents étaient en même temps des manuscrits illisibles, des faux en écriture et des apocryphes.

Le mobile ? Saper la légitimité d'un chevalier trop grand pour ne pas faire d'ombre à de sombres personnages. Car de mémoire de roi comme de directeur d'agence de communication, jamais je n'ai croisé pareil panache : Cyrano de Bergerac monté sur le dos de d'Artagnan juché sur les épaules de Don Quichotte lui arrive à la molette d'éperon.

Et pourtant, j'en ai vu des gars qui vous font des accrobranches niveau expert, les orteils en éventail par-dessus la jambe, les mains aux hanches et les doigts dans le nez. Mais écrire ses mémoires à la penne de paon, en 2050, c'est le panache en soi ! Le panache quintessentiel !

Pour ne pas attenter à sa légende, j'ai tu ma découverte. Comme s'il existait par son seul patronyme. Vision simpliste. Je lui ai trop répété que le panache n'était pas la panacée pour en faire maintenant un fétiche.

En un sens, la vérité de son nom ne fait que rehausser ses mérites : sa noblesse n'est pas de papier, mais de cœur. Juvénal l'a exprimé mieux que quiconque dans

259

une papillote de Noël : *La seule et unique noblesse, c'est la vertu.*

N'étant pas l'héritier de la maison Panache, Guy en est le fondateur. Parti de rien, il s'est fixé cet objectif insensé de relever le trône de France, d'asseoir un roi dessus et de couronner le tout. Et l'a atteint avec un esprit de bravoure qui laisse pantois.

S'il fut grand dans la conquête, son panache a tutoyé la grâce dans la retraite. Prétendant naturel au trône aux yeux du peuple, il a su puiser aux vertus de prudence, de force d'âme et d'humilité pour me céder la place. Panache n'aurait pas su être roi. Il le savait. Il a su le faire savoir.

Après tout, P de Ganache ou G de Panache, peu importe ! Guy fut par trois fois l'instrument de la Providence : il m'a fait écuyer. Il m'a fait chevalier. Il m'a fait roi. Et par-dessus tout, il m'a enseigné l'exercice de la vertu.

Pour le reste, la réalité dépassant en général la fiction, ces aventures pourraient s'avérer vraies, si elles ne le sont déjà. Tant d'autres le sont devenues avant elles. On les raconte dans des livres, et les petits écoliers les récitent avec la foi du charbonnier. On appelle cela l'Histoire.

En l'an de grâce 2050,
Vingt-sixième année de notre règne,
En la bonne ville de Saint-Denis,
Jean-Matthieu Ier, roi de France

Table des matières

Printed in Great Britain
by Amazon

70409271R00156